KB174217

파트너 길들이기

좋은만남을 위한 커뮤니케이션 강좌

파트너 길들이기

와다 신유우 지음 | 최병련 옮김

 하남출판사

● 시작하면서

　1990년 오사카(大阪)에서 '호노보노ほのぼの 결혼강좌'를 시작하고부터 각지에서 결혼에 대한 강연회 초청을 받고 있다. 그리고 2년 전부터는 대화법에 대한 강좌도 열게 되었다. 그러면서 많은 사람의 고민을 듣게 되었는데, '애인이 안 생긴다', '결혼 상대를 찾을 수 없다'로 고민하는 사람이 가장 많았다.

　36세의 어떤 남성은 "데이트할 때, 어떤 이야기를 해야 할지 몰라서 거의 입을 다문 채로 우두커니 앉아 있기 때문에 언제나 퇴짜맞기 일쑤입니다."라고 푸념하듯 털어놓았다. 커뮤니케이션의 키워드인 대화에 자신이 없으니 결혼 상대는 고사하고 가볍게 교제할 상대를 만나기도 어려운 형편이었다.

　그리고 또 한 가지, 회화 강좌를 하면서 발견한 이상한 현상은, 많은 남성이 얼만큼의 대화는 할 수 있지만 감정 표현은 어지간히 인색하다는 점이다. 모처럼 여성이 즐거운 이야기를 꺼냈는데 남성은 나무토막처럼 반응이 없다. 여성은 이내 멋쩍어져 입을 다물 수밖에 없다.

커뮤니케이션의 기본이 되어 있지 않은 남성이 상당히 많다는 사실을 확인하고 처음에는 매우 심각하게 생각했었다. 그런데, 실제로는 대화 강좌를 몇 번 받고는 몰라 볼만큼 여유 있게 즐거운 대화를 하게 되는 사람을 많이 볼 수 있었다.

그 이유는 이런 것이었다. 대화를 잘 못하는 사람의 대개의 경우는, 일상생활 속에서 1대1의 커뮤니케이션의 기회가 별로 없는 사람들이었던 것이다. 그러니까 조금 연습만 한다면 보통 실력 정도의 이야기는 할 수 있게 된다는 결론을 얻을 수 있다.

요즘, 애인은 있지만 결혼까지는 결정하지 못하고 고민하는 사람들이 특히 눈에 많이 띈다. 옛날 같으면 좋아하는 사람이 생기면 그와 결혼하는 것을 당연하게 생각했다. 그런데 지금은 여러 가지 이유로 결단을 내리지 못하는 사람이 많아진 것이다. 결혼하기로 약혼까지 했다가 파기하는 사람도 많아지고, 심지어 결혼식 전날 결혼을 취소하는 여성도 볼 수 있게 되었다.

물론 결혼을 한다고 해서 모두가 행복해지는 것은 아니다. 이혼까지 가지는 않더라도 '결혼을 왜 했을까'하고 후회하는 사람도 많을 것이다.

그렇게 되고 싶었던 사람은 없을 것이다. 그래서 지금부터 애인 만들기에서부터 결혼의 결단, 나아가 깊은 행복으로 묶여지는 두 사람이 되기 위한 방법을 생각해 보려고 하는 것이다.

결혼을 어떻게 준비하면 좋은가에 대해서는 여러 사람이 이야기해 왔으나, 결혼을 하고 나서 정말로 행복해지려면 어떻게 해야 하는가에 대해서는 이야기된 일이 없는 것 같다. 서로 좋아하

는 두 사람이 결혼을 했으니 행복해지는 것은 당연하다고 생각
돼 왔기 때문이다. 그런데 서로 좋아하는 두 사람이 함께 살게
되었다고 해서 그것만으로 행복하게 된다고는 할 수는 없다.

　정말로 행복한 결혼을 하기 위해서는 어떤 점을 주의해야 하
는가? 두 사람이 마음의 고삐를 단단히 하기 위해서는 어떻게
해야 하는가? 지금부터 이 문제를 깊이 생각해 보도록 하자.

　행복한 결혼이란 무엇인가? 답은 맨 처음 애인을 만들면서 시
작되는 감정, 즉 상대를 받아들이는 사랑의 마음에 있다.

　"지금까지 그의 처지는 너무도 생각지 않고, 나를 그에게 떠맡
기려고 했던 것 같다. 이제 그가 나를 싫어한다 해도 어쩔 수 없
다고 생각한다."

　내게 대화에 관한 상담을 한두 차례 받은 사람들이 공통적으
로 자주 하는 말이다.

　사랑하는 사람과의 관계란 미묘하다. 만나는 그 순간부터 두
사람의 생각은 부딪치는 것이다. 그럴 때 두 사람의 서로 다른
점들을 잘 조정하지 못하는 사람들이 의외로 많다. 데이트할 장
소며 음식까지 두 사람의 생각은 다를 수 있는 것이다.

　이제 막 만나기 시작했다면 서로가 조심을 하고 있으니까 이
런 의견 충돌이 별로 문제가 되지는 않는다. 하지만 오래 만나면
만날수록 문제는 심각해질 수 있다.

　그런 때가 온다면, 자기 주장을 상대에게 강요하지 말고 상대
의 기분을 충분히 이해하고 받아들이는 사랑의 마음을 갖도록
노력해야 한다. 상대의 기분을 존중하고 - 그렇다고 자기가 참는
다는 것은 아니다 - 두 사람의 마음을 하나로 만들어 가려는 마

음이 중요한 것이다.

두 사람 사이에 그런 마음이 없다면, 아무리 화려한 결혼을 하더라도 행복할 수 없는 것이다.

결혼을 하고 둘이서 생활을 시작한다는 것은, 지금까지 전혀 다른 생활을 하고 있던 두 사람이 새롭게 하나의 생활 스타일을 만들어간다는 뜻이다. 자기가 좋아하는 것만을 상대에게 강요하듯 떠맡기면 행복한 그림이 못 될 거라는 것은 누구나 짐작할 수 있을 것이다. "결혼하지 말 것을……"하고 후회하는 사람들은 먼저 자신을 잘 되돌아 볼 필요가 있다.

한 사람을 사랑한다는 것은 구체적으로 어떤 것인가? 두 사람 사이에 사랑을 키우기 위해서는 어떻게 해야 하는가? 두 사람의 사랑을 결혼하기 전에 확인하고 넓히기 위해서는 어떻게 해야 하는가? 이런 문제들을 이제부터 함께 살펴보기로 하자.

이 책이 당신의 행복한 인생에 도움이 된다면 그것은 나에게 커다란 행복이 될 것이다.

● 차례

2부 두 사람의 대화를 즐겁게 만드는 비결

3부 사랑을 완성시키는 이야기

4부 자기 마음을 상대에게 전하는 대화

5부 행복한 결혼을 위해서

1부
좋은 인상을 주는 대화, 즐거운 만남의 시작

1. 편한 태도로 여유 있게

첫 만남을 좋게 하기 위해서 가장 중요한 것은 첫인상을 좋게 하는 것이다. 일반적으로 첫인상은 5초 이내에 그 사람의 외모를 통해 결정된다고 한다. 그러니까 헤어스타일, 복장, 그리고 태도나 매너에 신경을 써야 한다. 첫 번부터 상대에게 나쁜 인상을 준다면 계속 만날 확률은 희미해질 게 뻔하다.

그러나, 외모가 아무리 멋있어도 막상 이야기를 해보니 실망이라면 역시 좋아해 줄 사람이 없을 것이다.

첫 만남에서 호감을 갖게 하려면 어째야 좋을지 생각해보도록 하자.

데이트할 때 상대가 싫어하는 세 가지는 다음과 같다. 첫 번째, 입을 꾹 다물고 말을 하지 않는다. 두 번째, 무엇을 말하고 있는지 통 알 수가 없다. 세 번째, 싱거운 질문만 계속한다. 당신에게는 몇 가지가 해당되는가?

처음 만났을 때는 누구라도 긴장하기 마련이다. 친구끼리는 곧잘 이야기를 하다가도 맞선 자리에 가서는 한 시간 내내 한 마디도 못해 여성을 화나게 해버렸다는 사람도 보았다.

"완전히 돌처럼 굳어 버려 도무지 무엇을 말해야 할지 모르게 돼버리고, 머리 속은 온통 뿌옇고, 깨닫고 보니 한 시간이 지나 있더군요." 그가 겪었던 상황을 이해할 수 있을 것 같다. 이 경우 좋은 인상은커녕 불쾌한 마음만 상대에게 남기게 된 것이다. 이와는 좀 다르지만, 긴장한 나머지 자기가 무슨 말을 하고 있는지조차 깨닫지 못하는 사람도 보았다.

이런 사람을 좋아할 여성은 많지 않을 것이다. 이런 사람은 우선 편한 자세로 여유 있게 이야기하도록 노력하는 것이 무엇보다도 중요하다.

어떻게 하면 편한 자세로 이야기할 수 있게 될까?

말을 잘 하게 되는 비결은, 익숙해지는 것! 그러나 만나자마자 다짜고짜 익숙해질 수는 없는 일이다. 첫 데이트 전에는 이야기하고 싶은 것을 미리 메모해 본다. 그리고 적절한 분위기를 상상하며 대화 연습을 한다.

첫 데이트에 적당한 이야깃거리는 ―자기의 취미, 태어난 곳의 소개, 현재 살고 있는 곳, 자기의 꿈이나 목표, 인상적인 여행 이야기― 등일 것이다. 그런 이야깃거리를 어떻게 풀어갈 것인지를 연구해 메모하고는 미리 실제처럼 연습해 본다.

그렇게 몇 가지 이야기를 준비해 두면 허둥대지 않고 침착하게 이야기를 할 수 있을 것이다. 자기가 편한 마음으로 이야기하고 있다면 상대도 반드시 좋은 인상을 받고 있을 것이다.

2. 만나자마자 친한 체 하는 것은 금물

　바짝 긴장해 아무 말도 못하는 것도 곤란하지만 처음부터 너
무 친한 체하는 것도 곤란하다.

　동물과 마찬가지로 사람에게도 세력권이란 게 있다. 자기 주
변 1.5미터 이내로 남이 들어오면 긴장하기 시작한다. 특히 앞으
로 다가오면 더욱 긴장한다. 그 긴장은 서로 친해지면서 차츰 없
어지는 것이다. 첫 데이트 때 적당한 거리를 유지하지 않으면 상
대에게 싫은 감정을 느끼게 해버린다. 느닷없이 상대의 손을 잡
거나, 어깨를 껴안거나 하는 돌발 상황을 연출하는 것은 도움이
못 된다. 그것은 상대에 대한 매너다.

　적당한 거리가 유지하는 것처럼, 말을 할 때도 서로의 관계 정
도에 어울리는 말이 있다.

　이를테면, 만나서 기쁘다는 마음을 표현하는 데도 여러 가지
가 있다.

가장 관계가 멀 때는,

"오늘 만나 뵙게 되어서 영광입니다."

차츰 가까워질수록,

"만나주셔서 감사합니다."

"만날 수 있어서 기쁩니다."

"만나기를 잘했다."

"정말 반갑다."

"여~어."

하는 식으로 짧고 터놓는 말이 되어간다. 두 사람의 관계에 가장 어울리는 말에서 멀어질수록 긴장감은 더해지는 것이다. 처음 만났을 때부터 '여~어'하면서 어깨를 툭 친다면 상대는 불쾌해지거나 긴장하게 될 것이다.

첫 인상에서 호감을 주기 위해 노력하라는 뜻은, '나를 좋아해달라'고 강요하듯 매달리라는 뜻이 아니다. 좋은 인상이란, '긴장하지 않고 즐겁게 보낼 수 있었다'라는 느낌을 말하는 것이다.

더 나아가 '그 사람이라면……, 또 만나도 좋아!'하는 생각을 심어주었다면 대성공이다. 가장 중요한 것은 상대방을 긴장시키지 않는 것이다. 그러기 위해서는 자기 마음부터 편하게 가질 것, 상대를 불쾌하게 하는 매너나 말씨를 쓰지 않을 것 등을 잊으면 안 된다.

첫 데이트에서는 어떤 말씨를 쓰면 좋을까? 그렇게 고민할 필요는 없다. 조금 손윗사람을 대하는 마음으로 이야기하면 된다.

3. 상대를 불쾌하게 하는 질문을 하지 않는다

　처음 만나는 사람에게서 자기의 자잘한 일까지 질문을 받게
되면 불쾌해지는 것이다. 맞선 보는 자리에서 자잘한 질문을 거
듭하며 상대방이 자기 결혼상대로 어울리는지 어떤지를 재보는
사람이 있다. 그런데 그런 대화라면 즐거울 까닭이 없다. '저 사
람하고 다시 한번 만나고 싶다'는 생각이 도저히 일지 않을 것이
다. 아무리 맞선 보는 자리라도 상대방의 프라이버시에 관계되는
질문은 실례가 된다.

　극단적인 예로,

　"우리 아버지는 자동차 회사의 부사장이고, 어머니는 시의 사
회복지 협의회 회장이시지요. 댁의 아버님은 어떤 일을 하고 계
시지요."

　"저희 아버님은 현재는 실업자세요. 15년간 근무하시던 회사
가 도산해 버렸기 때문에……."

"그래요, 그거 큰일이군요."

"네, 큰일이랍니다……."

이런 대화도 상상할 수 있는 것이다. 그 뒤 즐거운 대화가 이루어질 것으로 보이진 않는다.

결혼 상대를 찾을 때는 상대의 일을 자세하게 아는 것이 중요하다고 생각하는 사람이 많다. 그래서 처음 만났을 때부터 꼬치꼬치 캐물어 상대가 자기의 결혼 상대로 어울린다는 걸 알았다고 치자. 그렇더라도 '아, 정말이지 귀찮은 사람이야.'라며 나쁜 인상을 갖게 해버렸다면 실패다. 다시 만날 기회는 거의 없을 것이다.

첫 데이트를 성공시키는 열쇠는 상대방을 긴장시키지 않는 자세이다. 잔뜩 긴장시켜 싫은 마음을 갖게 해버리면, '다시는 만나고 싶지 않다'로 이어지는 것이다. 긴장시키지 않으려면 상대방의 프라이버시에 깊이 뛰어드는 질문을 피하라.

그리고 또 하나 주의 사항, 무엇 때문에 묻는지 잘 알 수 없는, 의도가 확실하지 않은 질문도 불쾌한 생각을 갖게 한다는 것이다.

"댁의 어머님은 어떤 분이지요?"

"어떤 분이라뇨? 아무 데나 있는 보통 아줌마예요."

"댁은 어머님을 좋아합니까."

"네, 좋아하는데요……."

"그러시군요."

이런 질문을 받으면, '도대체 무얼 묻고 싶은 건가요.' '그게 어떻게 되었다는 거지요.'라고 상대의 의도를 따져 묻고 싶어질 것이다. 그런 기분으로 즐거운 대화를 나눌 순 없을 것이다.

불필요한 질문은 거의 긴장감을 부른다고 생각하면 된다. 질문은 적을수록 좋다. 질문을 할 때는 자기가 무엇을 묻고 싶은지, 그 의도가 상대방에 잘 전해지도록 한다.

4. 자기의 일을 밝게 말한다

처음 만나는 자리에서 좋은 인상을 주기 위해서는 편안한 태도로 여유 있게 이야기하고, 질문은 되도록 적게 하는 것이 비결이다.

보통 처음 만나는 사람과 함께 있자면 어색해지고 거북해지기 마련이다. 그런데 처음 만났을 때부터 그런 거북함을 느끼지 않게 해주는 사람에게는 '이 사람과는 뭔가 통하는 것 같다'는 특별한 마음이 간다.

그렇다면 편안한 분위기를 만들기 좋은 이야깃거리는 어떤 것일까.

편하게 이야기하기 위해서는 먼저 자기가 잘 알고 있는 화제로 이야기를 하는 것이 좋다. 아는 체하며 어려운 이야기를 하면 혼잣말이 되다가, 결국 공포(?)의 침묵이라는 늪을 만나게 된다. 그렇게 되지 않기 위해서라도 자기가 잘 알고 있는 이야깃거리를 선택할 필요가 있다.

두 번째로 중요한 것은 감정이 담긴 이야기를 한다는 것이다. 첫 데이트에서 자기 이야기만 끝까지 하려는 사람이 있는데, 듣는 사람 기분이 어쩐지 살피지도 않고 무턱대고 이야기하면 차츰 지루함을 느끼지 않을 수 없다. 그 결과 '그런 이야기는 듣고 싶지 않아요'라는 표정을 짓게 만든다.

상대를 지루하게 만들지 않으려면 감정이 담긴 이야기를 하라. 예를 들어 자기의 취미, 즐거웠던 여행 이야기, 휴일을 즐겁게 지내는 법 등을 이야깃거리로 삼는 것이다. 그런 이야기도 밋밋하면 재미없다. 자기가 얼마나 즐거웠던가 하는 그때의 그 기분을 상대도 느낄 수 있도록 이야기하는 것이다.

그러자면 연습은 필수다. 자기가 가지고 있는 이야깃거리를 하나하나 메모로 모아 보는 것도 도움이 될 것이다. 그리고, 마음에 드는 이야깃거리에 맞는 가상공간을 만들어 이야기 연습을 해보는 것이다. 그렇게 하고 첫 데이트에 나가면 한결 자신이 침착해져 있는 것을 발견할 수 있을 것이다.

자기소개만이라도 한번 연습해 두면—그것은 데이트만이 아니고 일을 하는 데도—도움이 된다. 처음 만나는 사람과 이런 저런 이야기를 나누고 난 후, 침착하게 마무리에 좋은 이야기까지 보낼 수 있다면 금상첨화다. '정말 믿음이 가는 사람이야'라는 인상을 남기게 될 것이다.

데이트를 위해서 자기소개 연습까지 하다니라며 창피하게 생각지 말고, 처음 대하는 사람에게 좋은 인상을 주기 위한 예의라고 생각하고 꼭 해보길 권한다.

실제 해보면 알게 되지만, 그것은 확실히 효과가 있다. 남들 앞에서 이야기하는 것이 부담스러운 사람도 차분하게 몇 번이고 연습하면 스스로도 놀랄 만한 이야기꾼이 될 것이다. 이야기를 잘 풀어가지 못하는 대부분의 경우는 긴장된 상태로 갑자기 말을 하려고 하기 때문이다. 좋은 인상을 주길 바란다면 역시 그 나름대로의 준비가 필요한 것이다. 노력을 게을리 한다면 솔로인 채 보내야 할 시간이 그만큼 많아지는 것이다.

5. 어두운 이야기나 험담은 노우!

감정을 담아 이야기하는 것이 좋다고는 하지만, 하고 있는 일에 대한 푸념이나 험담을 실감나게 이야기하라는 것은 아니다.

사람들은 긍정적인 이야기나 밝은 이야기를 듣길 원한다. 부정적인 이야기나 어두운 이야기가 나오게 되면, 듣는 사람 역시 우울해지고 피하고 싶어진다.

"축하해 줘, 나 취직됐단 말이야."

"야, 잘 됐구나. 그래 어떤 곳이야?"

"B에이전시 기획부야."

"그래. 거기라면 정말 좋은 곳이지, 참 잘됐다."

이런 이야기라면 서로 기뻐할 수 있고, 마음도 편하기 마련이다.

그런데,

"젠장, 나 회사에서 쫓겨나고 말았어."

"어쩌다……, 저런. 그래 어떻게 할 참이야?"

"모르겠어. 나도….."

"어째 매번 그 모양이야."

어두운 이야기를 꺼내면 어째선지 책망하는 대화로 흐르게 되는 것이다. 이것은 어두운 이야기를 듣고 싶어하지 않는 사람들의 생리 때문이다. 어두운 이야기를 듣는 순간, 듣는 사람은 그 자리에서 되돌려 보내고 싶어한다.

"안녕, 좋은 날씨야. 어, 그런데 왜 그렇게 풀이 죽어 있어?"

"휴~우. 어제 K에게 딱지를 맞았어요."

"뭐야! 고작 그런 일로 기가 꺾이다니, 힘을 내. 좋은 사람은 얼마든지 많다구."

"네……."

"이거 봐, 그러지 말구 힘을 내라니까."

"아, 네……."

이처럼 어두운 이야기에는 맞장구를 치지 않게 된다. 오히려 무의식적으로 거부하게 된다. 그리고 듣는 순간 되도록 밝은 쪽으로 이야기로 돌려 회피해버리는 것이다.

자주 만나는 사람도 부정적인 이야기를 싫어하는데, 첫 데이트에서 부정적인 이야기나 험담을 늘어놓는다면 상대가 즐거워할 까닭이 없다. 더욱이 '한번 더 이 사람을 만나고 싶다'는 생각이 들리 만무하다.

그러니까 처음 만날 때는 밝고 즐거운 이야기를 하도록! 그리고 자기가 인생을 긍정적이며 즐겁게 살아가는 사람이라는 밝은 인상을 주도록 한다.

6. 상대를 대화에 끌어들인다

화기애애한 분위기 속에서 상대가 흥미를 가지고 들어주었다 하더라도 무작정 혼자서만 이야기를 하고 있다면 곤란하다. 그렇게 되면 웬만한 수다쟁이가 아니고는 이야깃거리가 금새 바닥나고 말 것이다. 그러니 상대에게도 이야기에 끼어들 기회를 줘야 한다. 그런데 이 기회를 준다는 게 여간 까다롭지 않다.

듣고 있던 상대를 이야기에 끌어들이려는 경우, 대개 상대에 대한 질문부터 시작하려고 든다.

"저는 스포츠를 좋아하는데, S씨는 어떤 스포츠를 좋아하세요?"

"별로⋯⋯, 즐기는 운동이 없는 편인데요."

"테니스는 어때요?"

"해본 일이 없습니다."

"그럼 수영 같은 것은 어때요?"

“전, 전혀 헤엄을 치지 못하는데요.”

“그렇군요……..”

이야기가 이렇게 돌아간다면 ‘묻지 않았더라면 좋았을 걸’하는 서먹한 기분이 되고 마는 것이다. 그럼 어떻게 어떤 이야기를 건네면 좋을까? 먼저 자기 이야기를 즐겁게 하도록 한다. 상대가 흥미를 가지고 이야기에 귀를 기울일 때까지…….

“노인처럼 보일지 모르지만 전 산책하는 것을 좋아합니다.”

“저도 산책을 좋아해요.”

“푸른 숲을 한가로이 걷고 있으면, 나무나 풀 냄새로 몸 속까지 깨끗해지는 기분이 듭니다. 그런 한가로운 산책을 무척이나 좋아합니다.”

“그래요. 확실히 나무나 풀 냄새는 기분을 맑게 해요.”

“좀 일찍 일어났을 때 산책을 나가면 풀잎에 이슬방울이 맺혀 반짝거리고 있고, 정말이지 생명의 싱그러움이란 이런 거구나 하고 느끼게 됩니다. 그런 작은 발견을 할 수 있는 것도 즐겁습니다.”

“그래요. 저도 참 산책을 좋아해요.”

일단 상대가 흥미를 갖게 되면 이야기는 저절로 즐거워지는 것이다. 이쯤 되면 상대에게 질문을 하지 않아도 상대가 어떤 것을 좋아하는지 알 수 있다. 이제부터는 저절로 이야기의 폭도 넓어지게 되고 깊이도 더해진다. 상대를 긴장시키지 않으면서 이야기를 즐겁게 끌어가는 테크닉이다.

그런데 상대가 흥미를 갖는다 싶으면 곧바로 질문을 던져 대화의 흐름을 끊어버리는 사람이 많다.

"저는 산책을 하는 것을 좋아해요."

"저도 산책을 좋아해요."

"그래요. 자주 하세요?"

"그렇게 자주라고 할 수는 없지만요."

"한 달에 한 번쯤요?"

"네, 아마 그쯤일 거예요."

질문을 시작하는 순간부터 분위기는 가라앉기 시작한다. 그러니까 관심사가 일치했다고 해서 말머리를 무작정 상대에게 돌리면 안 되는 것이다. 어디까지나 자기의 경험과 감정을 이야기하는 것이 중요하다. 그것이 상대에게 긴장감을 주지 않으면서 상대를 이야기에 끌어들이는 테크닉이다.

7. 상대의 흥미에 맞춰 이야기를 전개한다

상대가 자기 이야기에 흥미를 나타냈을 때, 이야기에 탄력을 주는 테크닉이 또 하나 있다. 즉, 상대의 대답을 긍정적으로 받아 상대의 이야기에 자기 이야기를 얹어 가는 것이다.

"저는 여행을 좋아해서 시간 날 때마다 이곳저곳을 다녀옵니다."

"그러세요."

"요전에는 경주에 다녀왔어요."

"경주는 인상에 많이 남더군요. 저도 몇 번 갔었지요."

"정말로 경주는 좋은 곳이지요. 저는 이번이 다섯 번째인데, 매번 새로운 느낌을 받고 돌아옵니다."

"이번에는 어디에 다녀오셨어요?"

"신록이 우거진 설악산요."

"설악산요, 저는 가을 단풍철에 갔었어요."

"단풍철의 설악도 절경이지요."

"예, 정말 대단했어요."

"온통 단풍으로 물든 설악은 환상적이지요. 올 가을엔 꼭 가보고 싶네요."

"그렇죠. 단풍으로 물든 산……, 마치 별세계에 온 것 같더라구요. 그런 분위기는 역시 설악산이 아니면 만들 수 없을 거예요."

"옛부터 은둔하기 좋은 곳으로 꼽혀왔지요. 세속을 떠나서 맑고 편안함을 찾은 사람들의 마음이 그대로 전해져 오는 걸 느끼게 되죠."

"정말 그래요. 그 신비함을 말로 다 하기 어려운 산이죠."

"괜찮으시면……, 언제 함께 가시지 않겠습니까. 여름이라면 속초 바다 풍경도 그만이죠."

자기가 경주에 갔던 이야기로 시작해서, 상대가 가본 설악산 이야기로 자연스럽게 발전되었다. 상대도 알고 있는 이야깃거리라면 이야기도 쉬워지고, 거기에 자기가 실려가며 상대를 중심으로 한 대화를 할 수 있게 된다.

이렇게 하면 자기 혼자 이야기하는 것 이상으로 이야기는 부추겨지는 것이다. 더구나 그것은 자기가 제공한 이야깃거리이기 때문에 당황하지 않고 대화를 끌어갈 수 있게 된다.

이처럼 자기가 잘 알고 있는 이야깃거리로 상대의 흥미를 끌어

내고, 또한 상대의 이야기에 실려서 이야기를 전개해 가는 것이
대화를 부추기는 기본 테크닉이다.

8. 상대의 말을 즉석에서 긍정적으로 받는다

상대 이야기에 실려가며 이야기를 전개시킬 때 실패하기 쉬운 점 두 가지가 있다.

하나는 상대가 흥미를 보일 때 즉석에서 반응하지 않고 자기 이야기를 계속해 버리는 경우다.

"얼마 전 신록이 우거진 설악산에 다녀왔습니다."

"설악산이라면 저도 가봤어요. 저는 가을 단풍철에 갔었어요."

"그래요. 설악산에 가보신 적이 있었군요. 그런데 신록의 설악산은 참 좋았습니다."

"그렇겠지요. 참 좋았을 거예요."

"그리고, 전 울산바위까지 갔었어요. 정말 등산 기분도 나고 참 좋았습니다. 거기까지 가보셨나요?"

"아뇨. 거기까지는……, 시간이 모자라서요."

"아쉽군요. 좋은 곳이었어요. 특히 동해 바다 수평선까지 보이고, 전망이 그만이었어요."

"그랬어요."

이 경우 상대가 '가을 단풍철에 설악산에 갔었다'며 제공하는 이야깃거리를 무시했다. 그리고는 자기의 '신록의 설악산' 이야기만 계속하였다. 상대를 이야깃거리에서 밀어내 버린 것이다. 이런 경우는 곧잘 있는 일로, 자기 이야기를 들어달라는 욕구가 너무 강해서 자신도 모르게 그렇게 돼버리는 것이다.

그러나, 자기 이야기가 끝났을 때는 흥미를 잃은 상대의 얼굴만 바라보게 될 것이다. 상대가 흥미를 나타내며 반응해 왔을 때는 자기 이야기를 아껴야 한다. 그리고 상대의 이야기에 곧바로 실려 가는 것이 중요하다. 상대의 이야깃거리로 대화를 무르익히다가 그 이야기가 일단락 지워지고 나면 다시 자기 이야기로 돌아오면 되는 것이다.

"설악산에는 저도 다녀왔어요. 저는 가을 단풍철에 갔었어요."

"그랬군요. 단풍철 설악산도 좋지요."

"예, 정말 멋졌습니다."

상대의 말을 즐겁게 즉석에서 받아들이면 상대는 마음을 열기 마련이다. 그리고 그것은 적극적으로 이야기에 동참하는 것을 의미한다. 그런데, 상대의 말에 즉각적으로 반응하지 못하면 상대의 기분은 이내 식어버린다. 그리고 풀이 죽은 대화가 돼버리는 것이다. 그러니까 상대의 말에 순발력 있게 반응하는 것이 중요한 것이다.

또 하나 주의하지 않으면 안 될 것은, 상대의 말에 부정적으로 반응하면 상대의 기분을 식어버리게 한다는 것이다.

회화실습을 할 때 이런 사람이 있었다.

"저는 마음 내키는 대로 산책하는 것을 좋아합니다. 당신은 어떻습니까?"

"저도 산책은 좋아합니다."

"그래요. 저는 공원이나 강변을 자주 산책하는데, 당신은 어떤 곳을 산책하세요?"

"저는 절이나 고궁의 넓은 경내를 산책하는 일이 많아요."

"절 말인가요?"

"그렇습니다."

"그런데 절이라면 좀 음울하지 않습니까? 그런 곳을 산책하면 즐겁습니까?"

"예, 저는 즐겁습니다."

"그래요."

이렇게 말해 버리면 상대는 울컥 화가 나지 않을 수 없다. 그래서 나는, "당신은 시비를 걸 셈인가요? 상대방이 기분 좋게 절 경내를 산책한다고 하면, '그것도 즐거울 테지요'라고 말하지 않으면 상대방은 기분이 상할 거예요."라고 어드바이스 해주고 다시 한번 하도록 했다.

"절에 산책하러 가시는가요? 그것도 즐겁겠군요."

"예, 즐겁습니다."

"절에는 자주 가십니까?"

"예, 자주 갑니다. 지난 가을에는 내장사엘 갔습니다. 내장산의 단풍은 정말 훌륭했어요."

"그래요. 나도 내장사에 간 적이 있었는데, 그때는 눈이 어찌나 내리고 춥던지 재미가 없었습니다."

"그랬어요. 그건 아쉬운 일이었군요."

이렇게 되면, 이제 더 할말이 없다는 느낌이 드는 것이다. 나는 그 사람에게,

"상대가 단풍철의 내장사는 참 좋았다고 말을 하는데, 당신은 하나도 좋지 않았다고 말을 하면 상대의 마음이 시들고 말아요. 왜, '그렇습니까, 그건 잘 되었군요'라고 받아들일 수 없습니까?"

라고 물어보았다. 그러니까 그 사람은,

"나는 그럴 셈이 아닌데도, 어쩌다보니 그렇게 되어 버리는군요."

라며 한숨을 내쉬었다. 긍정적으로 받으려는 생각은 있어도, 자신도 모르게 감정이 앞서버려 상대의 기쁨이나 감동을 그대로 '잘했다' '훌륭하다'고 받아들일 수 없게 되는 것이다.

상대방의 말이나 감정을 즉석에서 긍정적으로 받아들이기란 생각보다 어려운 일이다. 평소 의식해서 연습하지 않으면 막상 필요한 상황이 닥쳤을 때 이야기를 잘 풀어갈 수 있게 된다.

정리하자면, 자기 생각이나 마음은 잠시 접어두고 상대의 마음

을 그대로 받아들여, 상대의 이야깃거리로 대화를 부추기는 것,
이것이 즐거운 대화를 위한 테크닉이다.

Q 파티 같은 데서 '멋진 사람이야, 이야기를 나누고 싶다'고 생각되는 사람을 가끔 만나게 됩니다. 그런데 저는 마음이 약해서 처음 만나는 사람에게 말을 거는 게 두려워 한마디도 못하고 맙니다. 어떻게든 마음을 크게 먹고 한번 말을 걸어 보아야지 하는 생각은 하지만, 언제나 입을 열기가 힘듭니다. 도대체 어떻게 하면 좋을까요?

A 전혀 모르는 사람에게 말을 걸어 교제할 수 있는 계기를 만드는 일이란 누구나 큰 용기가 필요한 일이다. 어떻게 하면 만남의 계기를 잘 만들 수 있는지 생각해 보기로 하자.

먼저 가장 중요한 것은 상대에 대한 사랑의 감정이다. '그 사람과 교제를 하고 싶다. 이야기를 나누고 싶다'는 사랑의 감정이 두렵고 떨리는 마음을 지탱해 주는 것이다. 그리고 당신의 그 사랑의 감정과 작은 용기가 상대에게 전해졌을 때, 당신이 상대방의 마음에 인상 깊게 남는 것이다.

그러나 문제는 그 뒤의 일이다. 애써 말을 걸어 계기를 만들었는데 자기 소개를 끝내고는 할 말이 없어진다. 일순 싱거운 침묵이 흐르고, 어색한 분위기 속에서 도망치듯 헤어지고 마는 것이다.

그렇게 되지 않으려면 어떻게 해야만 할까?

먼저 "죄송합니다. 이야기를 해도 되겠습니까?"라고 용기를 내 상대의 양해를 구하는 말을 하고 나서, 간단한 자기 소개를 한다. 그리고 상대의 자기 소개를 듣고 나서, 자기의 출신지나 상대의 출신지에 관해 간단한 대화를 나눈다. 그런 다음 "오늘 당신을 만나게 되어 정말 기쁩니다. 그런데 오늘은 여러 사람들과 교제를 갖으려는 생각으로 왔으니까, 여기서 실례하겠습니다. 죄송합니다."라고 확실하게 대화를 끊고 헤어지도록 한다. 어색한 침묵이 찾아오기 전에, 좀 부자연스럽게 생각되더라도 똑바로 말을 하고 헤어져 버리는 것이다.

헤어지고 나면 화장실에 가거나 해서 혼자가 된다. 그리고 용기를 내서 말을 걸 수 있었던 자신을 스스로 칭찬해 주는 것이다. 마음에 드는 상대에게 똑바로 말을 걸고, 나쁜 인상도 남기지 않게끔 무사히 일을 치른 자신에게, "잘 했다. 그렇게 하는 거야!"라고 칭찬해 주는 것이다.

어느 정도 흥분이 가라앉았다면, 이제 대화를 나눈 상대의 인상을 생각해 본다. 좋은 느낌이었나, 보통이었나, 또 어쩐지 싫은 느낌이 들었나 등으로 어떻게 느껴졌나를 천천히 다시 생각해 보는 것이다. 좋은 느낌이었다, 다시 한번 이야기를 해보고 싶다는 마음이 든다면 용기를 내 또 한번 이야기를 하러 가는 것이다.

"아까는 실례했습니다. 당신과 꼭 다시 한번 이야기를 나누고 싶어서 왔습니다. 지금 이야기를 나눠도 괜찮을까요?"라고 상대의 양해를 구하고 이야기를 시작한다.

이번에는 두 번째다. 처음처럼 가슴이 두근거리지는 않을 것이다. 마음도 차분해졌으니 서둘 것 없이 자기의 취미나 장래 꿈 같은 것을 천천히 말할 수 있을 것이다.

이처럼 맨 처음 계기를 만들기와 본격적인 이야기 나누기 단계를 나누어 무리하지 않게 한발 한발 차분히 밀고 가면 반드시 잘 될 것이다.

Q 몇 번이나 맞선을 보았지만 언제나 단번에 딱지를 맞고, 두 번째 데이트로 발전한 적이 없습니다. 데이트를 할 때마다 '이번만은!'하고 생각하며 레스토랑을 미리 가보고, 새로운 이야깃거리도 찾고, 내 나름대로 노력은 하고 있지만 잘 안 됩니다. 어떻게 하면 좋을까요?

A 우선 먼저, 데이트할 때의 복장, 헤어스타일, 신발, 가방 같은 것을 누구에겐가 체크해 달라고 부탁한다. 자기는 이 정도면 좋다고 생각돼도 뭔가 짝이 맞지 않거나 나이에 안 어울리는 것이 있을 수 있다. 첫인상은 단지 3~5초만에 결정되고 마는 것이다. 첫인상을 망치지 않으려면 어울리는 옷차림과 헤어스타일을 찾도록 한다.

그리고 또 하나 중요한 것은, 밝게 웃는 낯으로 상대를 맞는 것이다. 산뜻하게 웃는 얼굴을 만드는 것도 연습을 하면 된다. 거울 앞에서 똑바르게 자기 얼굴을 바라보며, 산뜻하게 웃는 낯이 되도록 연습을 한다.

웃는 얼굴을 할 수 있게 되면, 이번에는 그 웃는 얼굴을 지속하기 위해서 데이트를 하는 것이 즐겁다는 기분을 고조시키는 것이다. '또 딱지를 맞으면 어쩌나.' '레스토랑은 마음에 들어할까.' 등등, 여러 가지 걱정도 있을 테지만, 너무 긴장하면 데이트가 즐겁지 않게 될 것이다. 그러니까 걱정은 모두 잊어버리고 데이트를 하게 돼 기쁘다는 마음만을 부풀려 가는 것이다. 그것이 마음 편하게 데이트할 수 있는 첫 번째 비결이다.

다음으로 조심해야 할 것은, 마음을 풀고 어깨의 힘을 빼는 것이다. 처음 데이트에서 상대가 자기를 좋아해 주기를 바라는 것은 지나친 욕심이다. '함께 있어도 너무 긴장하지 않았고, 편하게 있을 수 있었다.'고 상대방이 생각할 수 있게만 한다면 그것으로 대성공인 것이다.

지금까지 한 번도 만난 적이 없는 두 사람이 처음 만나 느닷없이 좋아지거나 이야기가 잘 맞는다는 일은 좀처럼 없을 것이다. '어떤 사람일까.' 하고 기대하거나, '이상한 사람이면 어쩌지.'하고 걱정하는 것이 보통이다.

그런데 막상 만나보니 싫은 생각도 들지 않고, 편한 마음으로 있을 수 있었다고 느껴준다면, '그 사람과 또 한번 만나도 좋다.'는 말을 듣는 것과 다름없는 것이다. 첫 데이트에서 거기까지 가면 대성공이다. 그러니까 무엇보다도 먼저 편안한 분위기를 만들어내는 것을 첫 번째 목표로 해야 한다. 그러려면 먼저 자기 마음을 편하게 하고, 어떻게든 자기를 멋있게 보이려는 과장심리까지 모두 버려야 하는 것이다. 있는 그대로의 모습으로 데이트를 즐긴다는 자세가 첫 데이트를 성공시키는 비결인 것이다.

식사하는 장소도 그날 자기가 가장 먹고 싶은 음식을 하는 곳으로 가면 되는 것이다. 상대가 좋아하는 음식이 어떤 것인지는 아무리 생각해도 알 턱이 없다. 그러니 자기가 제일 가고 싶은 카페나 레스토랑으로 가면 되는 것이다. 그리고 그 식사를 즐겁게 즐길 수 있으면 된다. 그와 같이 여유 있는 태도로 데이트를 하는 것이 상대에게 좋은 인상으로 남는 것이다.

다만, 조심해야 할 것은, 자기가 좋아하는 것을 상대는 정말 싫어할 수도 있으니까, "이런 곳에 가려고 하는데 괜찮겠어요?"라며 가기 전에 확인을 해야 한다. 상대를 배려하면서 자기가 가장 여유 있게 행동할 수 있는 데이트 코스를 만들고, 그것을 즐기도록 한다면 당신의 가장 좋은 면이 상대에게 전해지는 것이다. 그것이 첫 데이트를 성공시키는 비결이다.

2부
두 사람의 대화를 즐겁게 만드는 비결

9. 자기의 즐거운 기분을 상대에게 전한다

27세의 남성에게 이런 상담을 의뢰 받은 일이 있다.

"데이트를 할 때마다 어디로 식사를 하러 갈까, 어떤 이야기를 나눌까, 어디로 가서 무엇을 할까 하고 고민하고 있습니다. 한두 차례까지는 그래도 괜찮은데, 세 차례, 네 차례가 되면 정말이지 어떻게 해야 할지 몰라 정말로 고통스럽습니다. 도대체 어떻게 하면 좋을까요."

나는 "즐겁지 않은 데이트라면 그만 두도록 하세요."라고 대답해 주었다. 그랬더니 그 사람은,

"그렇지만 데이트를 하지 않으면 결혼을 할 수 없지 않습니까. 결혼을 하기 위해서는 역시 데이트를 하지 않으면……"하고 말하는 것이었다.

이것은 아무래도 앞뒤가 뒤집힌 이야기다. 데이트는 즐거우니까 하는 것이다. 데이트하는 것이 즐거워서 언제나 함께 있고 싶

다는 생각이 들 때, "결혼하자."고 말하게 되는 것이다.

결혼하기 위해 데이트를 하는 것까지는 좋다고 하더라도, 그 데이트가 즐겁지 않다면 결혼하고픈 마음이 생길 까닭이 없을 것이다. 그러니까 자기가 즐겁다고 생각할 수 없는 데이트라면 곧 그만 두는 게 좋다. 결혼으로 이어질 수 있는 데이트란 자기 마음속으로부터 기뻐하고 있는 데이트라야 가능한 것이다.

첫 데이트에서 가장 중요한 것은 '마음 편하고, 여유 있게'였지만, 두 번째 데이트부터는 '만나게 되어 기쁘다'는 자기 감정을 상대에게 전하고, 즐거운 분위기에서 두 사람의 시간을 갖도록 해야 한다. 그러한 노력이 상대의 긴장감을 해소시키고, 서로가 친해져 가는 첫걸음을 만드는 것이다.

그러면 자기가 즐겁다는 기분을 상대에게 잘 전하려면 어떤 방법이 좋을까?

자기의 즐거운 기분을 상대에게 전하는 가장 좋은 방법은 뭐니뭐니 해도 웃는 얼굴이다. 만나는 순간 상대에게 웃은 얼굴을 보여주는 것이다. 약속장소에 5분쯤 먼저 도착해 웃는 얼굴을 준비했다가 상대와 마주치는 순간에 최고의 웃음을 보내는 것이다. '당신을 만나서 기쁘다'는 마음속에서 우러나는 마음을 담아 웃음과 함께 보내는 것이다.

약속 장소에서 누군가를 기다릴 때는 누구라도 조금씩은 긴장을 하게 마련이다. '시간이나 장소를 잘못 안 것이 아닐까?' '옷차림은 어떻게 보일까?' '처음에 만났을 때 인상과 다르다고 생각돼 싫어하면 어쩌지?' 정색을 하고 고민할 정도는 아니라도 역시 여러 가지로 신경이 쓰이기 마련이다. 그러한 불안을 날려 버리기 위해 웃음을 띄워보내는 것이다. '당신을 만나서 기쁘다'는 마음이 전해지면, 지금까지의 긴장이 순식간에 사라지며 '오길 잘했다'는 즐거운 마음이 저절로 드는 것이다.

그러나 반대로, 웃음 없는 얼굴에 상대의 옷차림을 훑어보는 듯한 시선을 보낸다면 어떻게 될까. 상대방은 더욱 긴장하게 돼 두 사람 사이에는 커다란 벽이 가로놓이고 말 것이다. 상대의 긴장을 풀어주며 즐겁게 데이트를 하려면 세심한 주의가 필요한 것이다.

먼저 상대의 긴장이나 불안을 씻어줄 웃음을 보내는 것으로 데이트를 시작하는 것이다. 당신이 오늘의 데이트를 즐거운 마음으로 기다려왔다는 것이 상대에게 그대로 전해지면, 상대의 마음도 즐거움으로 들뜨게 될 것이다. 이것이 두 번째 데이트를 성공시키는 비결이다.

하지만 멋진 웃음이 저절로 만들어지는 것은 아니다. 평소 연습을 해야 가능한 것이다. 거울을 보면서 자기 표정에 가장 잘 어울리는 웃음을 만들어 보자. 평소 별로 웃지 않는 사람은 정작 웃어야 할 순간에 자연스럽게 웃을 수가 없다. 데이트를 하게 돼 정말 기쁘다는 생각이 상대에게 전해지지 않으면 터놓고 지내는 관계가 되는 데 시간이 걸린다.

처음에는 좀 창피할지도 모른다. 그렇지만 멋진 웃음을 만드는 연습을 잊지 말자. 그리고 데이트할 때는 최고의 웃음으로 상대를 맞도록 한다. 당신의 웃음이 상대의 웃음을 만들었다면, 그것만으로 마음이 서로 통했다는 느낌이 들 것이다.

또 한 가지 중요한 것은, 둘만의 데이트를 즐기고 있는 것을 상대에게 전해야 한다. 항상 상대의 일을 생각하고, 의식을 상대로부터 벗어나지 않도록 하는 것이 그 방법이다. 서로가 말을 않고 있어도, 가령 상대가 어떤 잡지를 읽고 있을 때에도 '둘이서 데이트를 할 수 있어서 즐겁다'는 마음으로 계속해서 상대를 생각하는 것이다. 그렇게 의식을 벗어나지 않으려는 분위기가 상대방에게 전해지면, 두 사람 사이엔 아름다운 관계가 완성되어 가는 것이다.

어떤 남성이 이런 말을 하고 있었다.

"나는 식사가 시작돼야 마음이 놓이는 겁니다. 그야 식사 중에는 아무 말도 안 해도 되지 않습니까."

그렇게 꽉 막힌 상대와 데이트를 한다면 어디에 간들 즐거울까. 데이트란 '둘이서 있고 싶다. 둘이서 있는 것이 즐겁다'고 생각하는 현재진행형이다. 그리고 둘이 있어서 즐겁다는 서로의 마음이 확인되었을 때 더욱 더 즐거운 관계로 발전하는 것이다.

즐겁지 않다고 생각되는 데이트는 빨리 정리하는 게 현명하다. 그리고 즐거운 데이트 중이라면 자기의 즐거운 마음이 상대에게 전해지도록 모든 노력을 아끼지 말아야 한다.

10. 상대에 대한 배려를 말로 한다

첫 데이트에 간신히 성공하고 두 번째 데이트를 할 수 있게 되었더라도, 아직 긴장감이 완전히 사라진 상태는 아니다. 상대가 무엇을 어떻게 생각하고 있는지는 예상할 수 없으므로 걱정 반 불안 반인 것이다.

27세 여성으로부터 이런 이야기를 들었다.

"두 번째 데이트를 할 때, 상대 남자(30세, 공무원)가 집까지 차로 데리러 와주어서 그것을 탔는데, 글세 그대로 드라이브를 가자는 것이었습니다. 점심 때까지 2시간 동안 밀실의 차 안에서 눅눅한 이야기를 해오는데, 화장실을 가야겠다는 말도 못하고……, 정말 지옥 같더라구요."

그런 경험을 한 여성은 많을 것이다. 잘 모르는 사람과 함께 있는 것만으로도 긴장이 감도는데, 밀폐된 차 속에서, 더구나 상대가 무엇을 생각하고 있는지 모르는 상황이라면, 이건 불안이라기보다 공포에 가까울 것이다.

이런 상황을 만들고 싶지 않다면 데이트를 시작하기 전, 둘이서 하루의 스케줄을 확인해 둘 필요가 있다. 어디에 갈 것인가, 식사는 어떻게 하나, 몇 시쯤 돌아올 것인지를 미리 이야기를 해두는 것이 좋다.

남성 쪽에서는 저녁을 먹고 나서 노래방에라도 갈까 하는데, 여성은 저녁식사 전에 돌아가고 싶어할지도 모른다. 서로의 스케줄이나 의향을 사전에 확인해 두는 에티켓을 발휘하면 긴장감역시 적어지는 법이다. 또한 의논하듯 대화를 시작할 수 있어 갑자기 무엇을 말할까 고민할 것도 없이 자연스럽게 대화를 시작할 수도 있다.

상대에 대한 배려는 무엇보다 중요하다. 무엇을 하려고 할 때나 어딘가에 갈 때, 자기는 무엇을 어떻게 하려고 생각하는지를 상대에게 미리 알리도록 하는 것은 기본 매너이다. 이것은 또한 자신의 매력이 되기도 하는 것이다.

이를테면, 어디를 가기 위해 정류장에 도착하면,

"제가 차표를 두 장 사올 테니, 여기서 잠시 기다려 주시겠어요."

라고 똑바로 자기 의도를 전하는 것이다. 그렇지 않으면 상대는 어떻게 하면 좋을지 몰라 망설이고 말 것이다.

또, 어딘가에 갈 때에는 목적지까지 소요되는 대략적인 시간을 말해주는 것이다. 그리고 다시 목적지가 가까워지면,

"예약해 둔 레스토랑까지 이제 3분쯤 걸립니다."

라고 얼마나 남았는지 알려주는 것이다. 이렇게 그때 그때의 대략적인 스케줄을 상대에게 알리면, 상대는 좀더 편안한 마음이 되는 것이다.

잠시 걷다가 피로해졌을 때는,

"저기 케이크가 맛있는 제과점이 있는데, 잠시 쉬어 갈까요?"

라며 상대를 배려하는 것이다. 그렇게 하면 저절로 대화의 실마리가 잡히거나 대화의 방향을 바꿀 수 있게 된다. 그런 배려의 말을 시작으로 대화를 전개시켜 가는 테크닉을 익히면, 특히 무슨 말을 할까 고민하지 않더라도 마음 편하게 대화를 나눌 수 있게 된다. 이것으로 정말로 즐거운 데이트를 위한 준비가 완료되는 것이다.

11. 자기 일을 이야깃거리로 제공한다

    만난 지 얼마 안 되는 두 사람이 가장 큰 문제로 생각하는 것은 '공통되는 이야깃거리가 없다'는 것이다. 자기가 자신 있는 이야깃거리는 첫 데이트에서 다 이야기해 버렸기 때문이다. 때문에 두 번째 데이트가 가장 어렵게 생각되는 것이다. 두 번째 데이트에서 마땅한 이야깃거리를 찾지 못하면 도저히 세 번째 데이트를 기대할 수 없는 것이다. 그러니까 어떻게 해서든 공통된 화제를 찾아내야 한다.

    공통의 이야깃거리를 찾으려면 먼저 자기부터 이야깃거리를 제공해야 한다. 자기의 일을 밝고 긍정적으로 이야기해 가는 것이다.

    취미 이야기, 여행 이야기, 좋아하는 음식 이야기, 즐거운 친구 이야기, 장래의 희망, 자기가 지금 힘을 쓰고 있는 것 등, 밝고 긍정적인 내용의 것을 즐겁게 이야기하는 것이다. 이야기가 좀 서투르더라도, 취직이 안 된다거나 집에서 키우던 개가 죽게 생겼다거나 하는 어두운 이야기는 도움이 못 된다.

자기의 일을 이야기해서 상대의 흥미를 일깨우고, 상대가 이야기에 따라오면, 그 화제를 전개시켜서 대화를 부추겨 올린다는 것이 기본의 테크닉이다. 그 테크닉을 써서, 두 사람에게 공통되는 화제를 찾아나가도록 한다.

주의해야 할 것은, '즐겁다', '재미있다', '굉장해'와 같은 감정이 담긴 이야기를 해야 한다는 점이다. 즉, 자신이 재미있게 경험했던 일을 솔직하게 감정을 실어서 이야기하는 것이다. 감정을 실어서 이야기해 가야 상대가 이야기에 흡수되기 쉽다. 이야기를 할 때는 반드시 감정을 표현하고, 상대가 흥미를 가질 때까지 계속한다.

다음 대화를 함께 보자.

"지난번 휴일에는 63빌딩 수족관에 갔었습니다."

"재미있었나요?"

"네, 참 좋았습니다. 특히 흥미로웠던 것은 펭귄입니다. 저는 펭귄이 헤엄을 치는 것을 처음 보았는데, 엄청나게 빠르더군요. 마치 새가 하늘을 나는 것처럼 자유자재로 헤엄을 치는 거였어요. 땅에서 아장아장 걷는다는 게 믿기지 않을 정도였어요. 정말이지 놀랐습니다."

"재미있었겠네요. 또 다른 건 없었나요?"

"또 하나는 물해파리였어요. 물해파리란 보통의 해파리들과 같지만, 가까이에서 보면 참 곱습니다. 그것이 천천히 헤엄을 치듯 떠있는 것을 보자 마음이 차분해지며 '아아, 이렇게 사는 법도 있는 거로구나'하고 갑자기 인생을 생각하기도 했지요."

"인상 깊은 이야기네요. 저도 한번 보고 싶군요."

"그럼, 이번에 함께 가실래요. 저도 한번 더 보고 싶네요. 근처에 공원도 있으니까 거기라면 산책에도 그만이구요."

"그래요. 그럼 이번 일요일로 정할까요?"

이처럼 자기가 감동한 일이나 놀란 일을 솔직하게 이야기할 수 있다면, 상대에게 '나도 가보고 싶다.'는 마음을 갖게 할 수가 있다. 그리고 약속대로 다음 일요일에 수족관에 가게 되면 이야깃거리는 더욱 풍성해지는 것이다.

그런데 이런 대화가 가능해지려면 자기가 감동하거나 놀라워하지 않으면 안 된다. 그러니까 여러 가지 일에 흥미를 갖고 실제로 해보는 적극성과 풍부한 감수성이 없으면 즐거운 대화는 어려워지는 것이다. 때문에 즐거운 이야기를 만들기 위해서는 먼저 자기 감성을 풍부하게 하는 것이 필요한 것이다.

여러 가지 일에 흥미를 갖고 그 일을 경험하는 과정에서 감동하는 마음, 주위에서 일어나는 일을 긍정적으로 받아들이는 자세, 그리고 무엇보다도 자기 삶을 풍부하게 하려는 적극적인 자세와 감성이 있으면 즐거운 이야깃거리는 얼마든지 생기기 마련이다. 즐거운 이야기가 자기 안에 가득하면 상대와 공통되는 이야기를 찾는 것도 쉬울 것이다.

처음 만나는 사람과도 편한 마음으로 즐거운 이야기를 나눌 수 있는 사람이란 인생을 전향적으로 사는 자세를 가진 사람이다. 그렇게 사는 방법이 상대편에 좋은 인상을 주고 호감을 갖게 하는 것으로도 이어지는 것이다. 반대로 즐거운 이야기를 하지 못하는 사람이란 인생을 그다지 긍정적으로 살고 있는 사람이 아니기 쉽다. 그 자세 때문에 애인을 구하기 어렵다고 말하는 것이다.

그러니까 단순히 재미있는 이야기를 할 수 있게 된다고 해서 애인이 생기는 것은 아니다. 자기 인생을 향상시키려고 하고 넉넉하게 하려는 적극적인 자세가 즐거운 이야기를 만드는 것이고, 또 그런 자기를 좋아하게 되는 사람도 나타나게 되는 것이다.

즐거운 이야기에 자신이 없는 사람은 한번 자기 인생을 되돌아보기 바란다. 그리고 자기의 생활방식을 지금보다 좀 적극적으로 바꾸어보기 바란다. 그렇게 노력하는 만큼 마음이 넉넉해지고 즐거운 이야기도 할 수 있게 될 것이다.

그렇게 변화된 자신을 느껴가면서 인생을 즐길 수 있는 적극성도 배가 될 것이다. 더욱 즐거운 이야기를 할 수 있고, 누구에게나 호감을 사는 당신을 그려 보라.

12. 자신의 감동을 솔직하게 이야기한다

　무엇에나 흥미를 갖고 적극적으로 살아가는 사람은 사소하게
보고 듣는 것에서 놀라움이나 감동을 찾아낸다. 그리고 그 감동
을 누구에겐가 이야기하고 싶다는 마음이 생기는 것이다. 그러한
자기 감동을 누구에겐가 전하고 싶다는 마음이 즐거운 이야기를
꽃피우는 것이다. 데이트에서의 즐거운 대화는 그런 것이어야 한
다.

　그런데 문제는 그런 자기 감동을 전하는 것이 퍽 어렵다는 사
실이다. 설명이 지나치면 사실은 전달되더라도 감동은 할 수 없
게 된다. 그렇다고 기분만을 너무 강조하면 사실을 제대로 전달
하지 못하게 돼 신뢰감을 잃기 쉽게 된다.

　자기 감동이 상대에게 잘 전달되려면 역시 이야기하는 연습이
필요한 것이다. 이것은 자기가 전하고 싶다고 생각하는 감동이
있으면 그다지 어려운 일이 아니다. 다만 평소 생활 속에서 자기

감동을 이야기할 상대가 없다면 쉽지는 않을 것이다. 연습만큼 훌륭한 스승은 없는 것이다.

직장과 집만 오가는 사람은 자기 감동을 이야기할 상대가 없어 아무리 좋은 이야깃거리가 있더라도 이야기를 흥미롭게 풀어가기 어렵다.

그런 사람은 이야기하는 연습을 위해서라도 큰맘 먹고 자기 환경을 바꿀 필요가 있다. 자기 마음을 털어놓을 수 있는 친구를 만드는 것은 무엇보다 중요하다. 취미가 같은 동호회에 가입하거나 문화센터에 들어가 사람들을 사귀는 등, 여러 가지로 머리를 써서 환경을 바꿔가도록 한다.

이 또한 인생을 적극적으로 살려고 하는 자세가 없다면 어려울 것이다. 전향적인 자세, 이것만이 즐거운 이야기를 할 수 있는 당신을 만들어 주는 것이다.

나는 이야기가 서툴고, 친구와 사귀는 일도 잘 못하니까 혼자서 있는 것이 마음 편하다고 생각하고, 거기서 나오려고 하지 않으면, 아무리 시간이 흘러도 누구나가 좋아하는 당신은 되지 못하는 것이다.

자신을 바꿔보자. 여유 있게 사는 자기가 되려는 마음을 갖자. 지금의 자기 세계에서 한 발 더 내딛는 적극성이 누구나 좋아하는, 즐거운 이야기를 할 수 있는 당신을 만들어 줄 것이다.

자신의 기쁨이나 감동을 누구에겐가 솔직하게 이야기하는 것, 처음에는 좀 서투르더라도 자꾸 연습하면 저절로 즐거운 이야기를 할 수 있게 되는 것이다.

　지금의 자기에게 모자라는 부분이 무엇인가를 생각하자. 그리고 자기를 바꾸어 가는 노력을 아끼지 말자. 즐겁게 이야기를 할 수 있는 당신의 삶은 이미 열정적인 삶이 되어 있을 것이다.

13. 상대의 기분을 잘 듣는다

이야기를 즐겁게 하기 위해서는 풍부한 감정이 중요하다. 감정이 담긴 이야기를 하면 상대의 마음도 자연스럽게 움직여지고, 상대도 이야기를 즐겁게 듣게 되는 것이다. 이야기란 감정을 말하고, 감정을 듣는 것이다. 상대의 말을 들을 때도 상대의 마음을 살피면서 상대의 마음을 듣는다는 것, 이것이 이야기를 잘 듣는 비결이다.

이야기란 자기 감정을 알아 달라고 시작하는 것이다. 때문에 듣는 쪽이 말하는 사람의 마음을 이해해 준다면, 상대도 이야기하기가 한결 쉬워지는 것이다. 상대의 말을 듣는다는 의미는 상대가 말하는 어떠한 사실을 듣는 것이 아니고, 상대의 감정을 받아들이는 것이다.

다음 대화를 함께 보자.

"이 집 요리는 참 맛이 있군요."

"그래, 참 맛이 있어."

"게다가 모양에도 퍽 정성을 들였어요."

"정말로 곱군."

"저는 이렇게 맛있는 걸 먹는 건 오랜만이에요. 정말 행복한 기분이군요."

"정말이지 맛있는 것을 먹으면 행복한 기분이 되는군."

"우리 다음에 또 오도록 해요."

"그래, 또 오도록 해."

이 대화는 상대방의 감정을 차분하게 받아서 서로의 마음이 잘 통하게 하고 있는 대화다. 그런데 달리 보면 상대의 말을 앵무새처럼 흉내만 내는 단조로운 대화로도 생각할 수 있는 것이다.

만일 "참 맛이 있어." "정말로 곱군." "정말이지 행복한 기분이 되는군." "또 오도록 해."라는 대답을 별 생각 없이 건성으로 한다면, 상대는 틀림없이 "당신 내 말을 제대로 듣기나 하고 있는 거예요. 누굴 바보로 알아요."하고 화를 내고 말 것이다.

그러나, 그런 단조로운 말일지라도 상대의 마음과 똑 같은 기쁨이 담겨 있다면 확실히 달라진다. '나를 이해해 주고 있다'고 안심하게 되고, 그것은 이야기를 더욱 즐겁게 만들어 주는 것이다.

상대의 감정을 이해하려면 상대와 같은 기분을 감지할 수 있는 넉넉하고 유연한 감수성이 필요하다. 그리고 동시에 자기 마음을 정확하게 전할 수 있는 표현력도 뒤따라야 한다.

남성의 경우 목소리 톤이나 표정 변화가 별로 없는, 표현력이 모자라는 사람이 많다. 표현이 풍부하지 않으면 같은 말이라도 전혀 진실성이 없는 것처럼 들릴 수 있다. 가령,

"오늘 데이트는 참 즐거웠어요. 또 만날 수 있다면 좋겠는데……."

라는 한 마디에 정말로 기쁘다는 감정이 충분히 표현되었다면, 그리고 상대도 그 마음을 느꼈다면, "네 저도 그래요."라는 대답을 그 자리에서 하게 될 것이다.

그렇게 두 사람의 감정을 공감해 가며 차츰 친해지는 것이다. 감정을 표현하는 것이 서투르면 마음이 잘 통하는 사이 좋은 두 사람이 될 수 없다. 반드시 '웃음 연습'과 함께 감정을 똑바로 상대에게 전할 수 있는 '표현력'도 몸에 익혀두길 바란다.

풍부한 표현력을 몸으로 익히고 나면 표정이나 몸짓만으로도 대답을 할 수 있게 된다. "응, 응." "그렇군." "참."하는 등의 맞장구만으로도 대화에 윤기를 줄 수 있게 된다. 이런 맞장구만으로도 대화를 부추겨 가는 것이 가장 수준 높은 대화의 테크닉이다. 그 하이 테크닉을 익숙하게 발휘하고 싶다면 풍부한 감성과 표현력이 몸에 배이도록 연습해야 할 것이다.

Q 얌전해서 별로 말이 없는 여성과 사귀고 있습니다. 언제나 내 이야기를 잠자코 들어주기만 할뿐 반응이 없어 이야기를 듣고 있지 않다는 느낌이 들곤 합니다. 더 곤란한 것은 그녀가 나를 어떻게 생각하고 있는지 알 수 없다는 것입니다. 어떻게 하면 그녀가 더 많은 이야기를 하게 될까요.

A 말을 잘 하지 않는 사람과 있으면 상대방이 무엇을 생각하고 있는지, 자기를 어떻게 생각하고 있는지 알 수 없어 불안해지고 마는 것이다. 그러니까 먼저 자기 안에 있는 그 불안을 제거할 필요가 있는 것이다.

그러기 위해서 무엇을 하면 좋은가 하면, 상대의 표정을 열심히 관찰하도록 하는 것이다. 인간의 커뮤니케이션 수단은 말에만 한정되지 않는다. 얼굴 표정이나 몸짓으로도 여러 가지 것을 말하고 있는 것이다.

그러니까 당신의 말을 듣고 있는 그녀의 모양을 관찰해서, 그녀가 시시하게 생각하는 것 같지도 않고, 지루해 하는 모양도 아니라면 당신과 함께 있는 시간을 즐기고 있다고 생각해도 좋을 것이다.

그녀가 편한 자세로 당신과 함께 있는 시간을 즐기고 있는지 어떤지를 느껴보는 것이다. 그것이 느껴진다면 이번에는 당신이 그녀와 함께 있는 것을 기뻐하고 있는지 아닌지를 스스로에게 물어보는 것이다. 당신의 마음도 그녀와 함께 있는 것이 즐겁다면 그 기분을 충분히 음미하면 되는 것이다.

이렇게 상대의 싫지 않은 마음을 확인하였다면, 이번에는 그녀가 좀 더 이야기를 할 수 있게 유도해보는 것이다. 그 순간 중요한 것은 당신이 그녀와 함께 있는 것을 정말 좋아하고 있다는 마음 똑바로 전하는 것이다. 그녀가 말을 잘 않는 것이 불만이라고 말하면 그녀 마음에 상처를 주고 마는 것이다. 그러니까 당신은 그녀를 지금 그대로 좋아한다는 것을 똑바로 전해야 하는 것이다.

당신의 마음을 그녀에게 똑바로 전한 뒤, "당신의 마음을 말로 해준다면, 당신의 마음을 더 잘 알 수 있어서, 나는 좋겠는데."라고 말해 본다. 그녀의 마음을 들을 수 있으면 더 기쁘겠다는 긍정적인 말로 당신 마음을 그녀에게 전하는 것이다.

"너무 말을 않으니까 재미가 없다."라거나 "말을 해주지 않으면 무엇을 생각하고 있는지 모르니까 싫다."와 같이 상대를 부정하고 상처를 주는 말은 절대로 하지 말도록! 그런 말은 자기 자신에게도 상처를 입힐 뿐 아무런 의미도 없는 것이다.

대화의 목적은 원활한 커뮤니케이션을 확보한다는 것에 있다. "말을 안 하면 안 된다."라는 종류의 압력을 넣을 생각은 완전히 지워내도록 한다. 그것보다는 함께 있는 것만으로도 충분히 즐겁지만, 그녀의 마음을 분명히 알 수 있다면 더 기쁘겠다는 당신의 정직한 마음을 꾸밈없이 그녀에게 전하는 것이다. 그녀도 압력을 느끼지 않고 당신의 마음에 호응해 줄 것이다.

그녀가 그렇게 자기 마음을 전해주면 당신은 그녀의 마음을 알게 되어 정말 기쁘다고 전하는 것을 잊지 말도록 한다. 그런 일을 되풀이하고 있는 동안, 그녀도 자기 마음을 전하는 일에 익숙해질 것이고, 자기를 표현하는 것이 중요하다는 것도 느끼게 될 것이다.

이렇게 상대를 상처받게 하지 않으면서 자기 마음을 항상 긍정적으로 상대에게 전하는 것으로 상대를 변화시킬 수 있는 것이다.

서로를 보살피는 사랑의 마음을 잊지 말고, 두 사람 사이를 조금씩 깊이 있게 만들어 가기를 바란다.

Q 저는 여러 여성들과 사귈 수는 있었지만, 언제나 '다정하고 좋은 사람'이란 말을 들었을 뿐 결혼까지 이르지는 못했습니다. 거의 결혼 직전까지 간 적도 있기는 했지만, 결국 잘 되지는 않았습니다. 친구들은 "너무 사람이 좋으니까 안 되는 거야."라는 말을 합니다. 과연 그 말이 맞는 말일까요?

A 결혼을 할 때는 상대를 따뜻하게 받아들인다는 것이 매우 중요하다. 자기 사정이나 요구를 옆으로 밀어놓고 상대의 입장을 존중하는 마음이 없으면 도저히 결혼에 이를 수 없는 것이다.

요즘처럼 자기 중심적이고 상대가 자기에게 맞추어 주기만을 바라는 풍조 속에서 당신의 다정함은 매우 귀중한 것이다. 당신의 다정함에 여성은 편안함을 느끼고, 그 때문에 당신은 누구에게든 호감을 주는 사람으로 평가받는다.

그냥 보통의 친구를 만드는 것이라면 당신의 다정함은 분명 장점이 된다. 그런데 결혼 상대를 찾으면서부터 그 다정한 성격은 결점이 될 수도 있다.

실제로 결혼을 하려고 하면 여러 가지 문제를 해결해 가지 않으면 안된다. 그런데 그 중에는 원만하게 해결하려고 해도 풀리지 않는 문제도 있기 마련이다. 그런 문제를 눈앞에 두고 "당신 마음대로 하면 좋아." "당신 좋을 대로 하면 돼."라고 말하는 것은 얼핏 다정하게 보일지 모르지만, 실은 우유부단하고 책임감 없어 보이기 쉽다. 결국 여성은 "당신은 정말 어떻게 하고 싶은 게 본심인가요?"라며 불만을 터뜨리게 되는 것이다.

이러한 불신이 상대의 마음에 자리하게 되면, "이 사람과 결혼해야겠다." "이 사람과 내 인생을 함께 하겠다."는 결정을 내릴 수 없게 되는 것이다.

상대에게 상처를 주지 않겠다는 따뜻한 마음, 상대를 존중하려고 하는 다정한 마음의 이면에는 자칫 그와 같은 우유부단함이 숨겨져 있을 수 있다. 그러한 결점은 무언가를 결정하지 않으면 안 될 때 자연스럽게 드러나기 마련이다.

결혼은 중대한 결단이다. 그런 의미에서 우유부단함을 숨기고 있는 다정한 사람은 결혼하기 어려운 사람이라고 볼 수도 있다. 이런 사람은 또한 상대를 진심으로 좋아하게 되는 경우도 드물다.

당신이 진심으로 결혼 상대를 찾고 있다면 자기 의사를 명확하게 표현할 줄 알아야 한다. 즉, 윤곽이 확실한 자기를 만들어 갈 필요가 있다. 또한 누군가를 마음속으로부터 좋아한다는 정열, 자기 마음이 움직여질 만큼의 격한 정열이 동시에 필요한 것이다.

그런데 다정한 성격인 사람은 상대의 마음을 먼저 생각해버리고 약간이라도 상처가 된다고 생각되면 스스로 물러서 버리고 만다. 그리고 결국은 결혼에 대한 결단을 내리지 못한 채 끝나버리고 만다. 그런 이유로 다정한 사람은 결혼을 못할지도 모른다는 아이러니가 생겨나는 것이다.

당신도 한번 자신을 돌아보기 바란다. 그리고 다정함의 의미를 생각해 보는 것이다.

3부
사랑을 완성시키는 이야기

14. 사랑의 함정

   알게 된 지 석 달이 지나 서로 뜻이 맞고 공통된 이야깃거리도 늘어 이야기를 하다보면 시간가는 줄 모른다. 사람들은 이만큼 사이가 좋은 두 사람이 결혼하면 틀림없이 행복해질 거라고 생각한다. 그런데 행복한 결혼을 하려면 넘어야 할 장애물이 또 하나 있다.

   '애인＝서로가 좋아하고, 함께 있는 것만으로도 행복한 사이'이다. 이때는 무엇을 하거나 무슨 이야기를 해도 마냥 기쁨에 흠뻑 빠져 있기 마련이다. 이렇게 행복한 두 사람의 관계란 멋진 것이고, 자기도 누군가와 애인 사이가 되었으면 하고 동경하는 것이다.

   하지만 요주의! 이 "무엇을 해도 행복한 두 사람!"이라는 데 커다란 함정이 있는 것이다. 애인 사이란 행복의 절정에 놓인 사이를 의미한다. 서로의 인생 가운데 가장 긍정적이고 적극적인 상태에 있는 것이다. 때문에 결혼만 하면 어떤 어려운 문제도 거뜬히 해결할 수 있다고 믿게 된다.

그러나 사람이란 그처럼 긍정적이고 적극적인 면만 가지고 있는 것이 아니다. 우유부단한 면도 있고, 나태한 일면도 있는 것이다. 다만 사랑에 빠져 있을 때는 그런 마이너스 성격이 밖으로 나타나지 않을 뿐이다.

그러한 성향을 억지로 숨기고 있는 것은 아니고, 행복의 절정에 있기 때문에 미처 밖으로 표현될 틈이 없는 것이다. 때문에 애인 사이는 서로의 밝은 성격만 보게 된다. 어떤 것이든 좋은 쪽으로만 이해되는 시기에 있는 것이다.

애인 사이의 함정은 또 하나 있다. 애인끼리는 서로가 있는 힘을 다해 서로를 배려한다는 것이다. 길을 걷고 있을 때도, "춥지 않아요?" "피곤하지 않아요?" "짐이 무겁지 않아요." 등등. 정말로 세심하게도 배려하는 것이다. 그것은 '연기가 아니고 상대를 배려하는 다정한 마음에서 나오는 것이니까 아무런 문제도 없다. 우리는 최고의 커플이다'라는 생각이 드는 것이다. 그런데,

"짐이 무겁지 않아요?"

"괜찮아요."

"아니 무거워 보이는데요. 이리 주세요."

"아니, 정말 괜찮아요."

"그러지 말고 이리 주세요."

'……아아, 그렇게 잡아 흔들면 속에 든 것이 망가지고 말텐데.'

친절도 강요가 될 때가 있다. 그러나 똑바로 자신의 의사를 표시한다면 어떨까.

"그러지 말고, 이리 주세요."

"아니예요. 안에 든 것이 망가지기 쉬운 것이라 제가 들고 있지 않으면 불안해서요."

"아, 그래요. 그럼 편할 대로 하세요."

이처럼 자기 의사를 밝히고 서로가 부담 없는 마음으로 있으면 되는 것이다.

그런데, 애인 사이라면 줄거리가 다르게 전개된다. 최대한 서로를 배려하는 마음이 앞서다 보니 한번의 거절로 인해 별의별 상상이 시작된다.

"아니예요. 안에 든 것이 망가지기 쉬운 것이라 제가 들고 있지 않으면 불안해서요."

"그래요. 알았습니다."

'자기가 들고 있고 싶다니, 나를 믿지 못하는 걸까? 망가지기 쉬운 것이라니, 나에게 짐을 들어 달래는 것이 마음에 걸리는 거야. 역시 아직 정말로 마음을 터주지 않는 거야.'

'역시 좀 화를 내고 있는 것 같애. 어떻게 하지. 그렇지만 이제 와서 들어달란 말을 할 수도 없고…….'

'역시 눈길을 비키고 있군. 함께 있는 것이 싫은 걸까. 어제까

지는 그렇게 즐거워 보였는데, 내가 뭔가 잘못한 걸까. 어떻게 하면 좋을까.'

'휴, 어쩌지. 자꾸만 기분이 상해가고 있는 것 같아. 이런 일로 나를 싫어하면 어쩌지.'

이렇게 자기 혼자 생각으로 상대의 마음을 넘겨짚고 끝없는 걱정을 시작하는 것이다.

친구나 동료 사이의 인간관계에서는 이렇게까지 진지해지지 않으니까 이렇게 되지는 않는다. 그런데 애인 사이라면 상대를 배려하는 마음이 지나치다 보니 자기만의 생각으로 상대의 기분을 판단하고, 그것이 마치 정말인 것처럼 착각해 버리고는 고민을 시작하는 것이다.

내 상담 중 이런 경우가 있었다.

"교제를 시작한 지 얼마 안 되었는데, 그녀에게 몇 차례 전화를 걸어도 집에 없어서 연락이 되지 않는 겁니다. 이건 역시 저를 싫어하기 때문일까요?"

"몇 번이나 전화를 걸었지요?"

"이틀 동안 네 차례 걸었는데, 그때마다 어머니가 전화를 받아 집에 돌아오지 않았다고 하시는 겁니다. 아마도 집에 있으면서 전화를 안 받는 거겠지요. 저를 싫어한다는 말이겠지요."

"나로서는 확실하게 알 수 없겠군요."

"네 차례나 전화를 걸었는데, 단 한 번도 집에 없다니, 이상하지 않습니까?"

"역시 나로서는 알 수 없군요."

"저는 어떻게 하면 좋을까요?"

"상대 분에게 물어보면 좋겠지요."

"무어라 물어야 될까요?"

"집에 있으면서 전화를 받지 않았는지, 당신을 싫어하는지 어떤지."

"그런 건 물어볼 수 없어요. 물을 수 있었다면 상담 같은 건 안 하지요."

"그러나 물어보지 않는 이상 알 수 없지 않아요."

"그건 그렇지만……."

냉정하게 생각하면 '상대에게 물어보지 않으면 알 수 없다'는 말은 당연한 말이다. 서로 사랑할수록 지나치게 상대를 이해하려고 한 나머지 제멋대로 여러 가지를 앞서 생각해 버리는 것이다.

그렇지 않다고 변명하고 싶겠지만, 가만 생각해보면 의외로 이런 경우가 많았음을 시인하게 될 거이다. 애인끼리는 서로의 밝은 면밖에 알고 있지 못하는 경우가 대부분이다. 그러나 그 밝은 면도 자기가 생각해 버린 허구일지도 모른다.

만약 이런 두 사람이 '좋아하니까 결혼한다'고 말하고, 실제로 결혼을 하면 어떻게 될까. 잠시 후 서로의 마음이 냉정을 되찾게 되면, 반드시 '그런 사람인지는 몰랐다'고 후회하고 말 것이다. 그것이 '사랑의 함정'인 것이다.

15. 멋대로 단정짓는 것은 금물

사람은 이해가 얽히거나 사이가 가까워지거나 하면 상대의 말을 있는 그대로 듣지 못하게 된다. 어떤 말이라도 그 말의 속셈을 읽어내려고 한다.

가령, 이해가 얽힌 계약 비즈니스에서,

"그래요. 그런데 얼마까지 납품해 주시겠습니까?"

"여러 상황을 고려해 128만 원정도로 부탁하고 싶습니다만."

"128만원이라……."

'맨 처음 부르는 값이 이거라면, 잘못해도 100만은 되겠는 걸.'

"어떻습니까?"

"어렵네요. 좀 생각해 보아야겠습니다. 그렇게 하면 판매가격이 너무 높아 손님이 없을 것 같고……."

"……그렇다면 120으로 딱 잘라서, 어떨까요?"

"글쎄요."

'그거 보라구. 한꺼번에 깎아준다는 것은, 아직도 여유가 있단 말이지.'

"어때요?"

앞으로도 속셈을 더듬는 대화는 계속될 것이다.

그와 비슷한 마음의 움직임은 사랑하는 사람들 사이에서도 일어난다.

"와~아, 미키 마우스가 가득해요!"

"정말 엄청나군."

"난 미키를 참 좋아해요. 이렇게 큰 미키가 내 침대 머리맡에 있다면!"

'엇! 저렇게 비싸 보이는 걸 나더러 사달란 말이야.'

"어머나. 알라딘의 봉제 인형까지 있어요."

"정말, 이건 귀한 건데."

'이것도 좋아하니 사달라고 말하는 건가?'

"난 알라딘이 참 좋아. 이런 것이 방에 있다면 얼마나 즐거울까."

"그럴지도 모르지."

'역시 그렇다니까. 하나쯤 사지 않을 수 없겠군.'

"여기 보세요. 백설공주와 일곱 난쟁이예요. 아이 귀여워!"

"정말인데. 뭐 하나 선물로 사줄까?"

"정말요! 사줄 거예요? 그렇지만 오늘은 됐어요."

"그래?"

'어쩌면 더 비싼 것으로 사달라고 조를 작정인가?'

"그보다는 배고프지 않아요? 뭔가 먹으러 가자구요."

"그래, 그래."

'왜 이렇게 말하는 것이 오락가락 뒤집히는 걸까! 못 따라가겠어, 정말이지.'

"우리 빨리 가요!"

이렇게 상대의 마음을 이리저리 넘겨짚기 쉽다. 멋대로 생각을 하니 피곤해지고, '못 따라가겠다'는 기분이 되고 마는 것이다. 그렇게 되기 싫다면 우선 상대의 말을 그대로 듣고 쓸데없는 생각은 않도록 한다. 혼자 생각으로 상대의 마음을 지나치게 깊이 파악하려고 하면 도리어 해가 되는 것이다.

그렇다면 상대의 말을 있는 그대로 듣는다면 어떻게 될까.

"와~아, 미키 마우스가 가득해요!"

"정말 엄청나군."

'이렇게 가득 있으니, 정말이지 대단하군.'

"난 미키를 참 좋아해요. 이렇게 큰 미키가 내 침대 머리맡에 있다면!"

"당신은 미키를 정말 좋아하는군."

'이런 것이 있으면 언제나 끌어안고 잠을 자겠지.'

"어머나. 알라딘의 봉제 인형까지 있어요."

"정말, 이건 귀한 건데."

'이런 것까지 다 갖추어 놓았네.'

"난 알라딘이 참 좋아. 이런 것이 방에 있다면 얼마나 즐거울까."

"그럼, 방안이 디즈니 봉제 인형으로 가득하면 동화 속 같을 거야."

"여기 보세요. 백설공주와 일곱 난쟁이예요. 아이 귀여워!"

"정말. ('이건 정말 귀여운데.'). 뭐 하나 선물로 사줄까?"

"아니요. 그보다는, 배고프지 않아요? 무언가 먹으러 가요."

"그러고 보니 배가 고픈 걸!"

'벌써 시간이 이렇게 됐네.'

"우리 빨리 가요, 뭘 먹지요?"

"그래, 뭘 먹을까?"

'오늘은 좀 비싼 걸로 할까.'

이렇게 상대의 말을 제대로 이해하고 흐름을 따라가면 별로 피곤할 것도 '못 따라가겠다'고 투덜거릴 것도 없다.

먼저 혼자서 억측을 하려 하거나 속셈을 더듬는 것을 그만 두고 상대의 말을 착하게 받아들이자. 그리고 말 그대로 상대의 마음을 이해하도록 노력하자. 그러다 보면 서로의 마음을 보다 더 깊이 이해하게 되고, 서로 마음이 통하고 있다는 느낌이 전해질 것이다.

몇 번이나 전화를 걸어도 상대가 없을 경우라도 멋대로 억측을 하지 말고, '지금은 집에 없는 거야'라는 사실만을 받아들이면 되는 것이다. 연락이 될 때까지 몇 차례고 전화를 하다보면 상대가 받을지도 모를 일이다. 혹은, 상대의 어머니가 "이제 전화 걸지 말아주세요."라고 거절해 올지도 모른다. 그런 때는 거절을 당했다는 사실만을 받아들이면 되는 것이다. 아무리 눈치가 없는 사람이란 말을 들어도 좋다. 혼자서 상대를 오해하거나 이런저런 생각으로 피곤해지기보다는 그쪽이 훨씬 건강한 생각이다.

정리하자면, 무엇보다도 있는 그대로를 받아들이는 순수한 마음이 중요한 것이다. 순수한 마음을 소중히 하면서 편하게 사귈 수 있는 두 사람이 되어가기를 바란다. 그것이 서로를 깊이 묶어주는 매듭인 것이다.

16. 상대를 있는 그대로 이해한다

사랑의 절정에 있는 두 사람은 마음이 잘 통하기 때문에 늘 함께 있어도 위화감이 없고 즐거울 따름이다.

"역시 디즈니의 영화는 훌륭해요. '미녀와 야수'를 보러오길 잘했어요."

"그래, 아름다운 애니메이션이었어."

"정말이예요. 그림도 아름다웠지만 스토리도 멋있어요. 순수한 사랑이 역시 사람을 행복하게 하는 거라구요."

"그래 그래. 나도 그렇게 생각했어."

"우리도 그런 멋진 사랑을 해요."

"그래, 우리는 세상에서 가장 행복한 두 사람이 되는 거야."

이와 같이, 서로의 마음이 같다면 두 사람의 마음은 자꾸만 단단한 유대로 묶여지게 되는 것이다.

그런데, 사귀기 시작하고 좀 지나면 두 사람은 '뜻이 잘 맞아서 언제나 같은 것을 생각하고 있다'고만 말할 수 없게 된다.

"역시 디즈니의 영화는 훌륭하군요. '미녀와 야수'를 보러오길 잘했어요."

"그래, 아름다운 애니메이션이었어."

"정말이에요. 그림도 아름다웠지만 스토리도 멋있어요. 순수한 사랑이 역시 사람을 행복하게 하는 거라구요."

"그래, 그렇지만 그것은 애니메이션이니까 그렇지 현실은 달라."

"그렇지 않아요. 사랑은 힘이라구요. 상대를 바꿀 수가 있는 힘이라구요."

"여러 사람이 싫어하는 사람이 누구에겐가 사랑을 받는다고 해서 왕자님이 될 수는 없는 일이야. 현실에서는 누구에겐가 사랑을 받는 것조차 불가능할지도 모르는 거야."

"뭐예요. 나도 현실에서 누군가가 왕자님으로 변신한다고 생각는 게 아니라구요. 그것을 그런 식으로 말하지 않아도 되잖아요."

"미안, 미안. 말이 지나쳤어. 그렇지만 당신이 어떤 문제든 사랑이면 해결될 것처럼 말하니까, 꼭 그렇지만은 않을 거라는 생각이 문득 들어서……."

"그래요, 뭔가 나와는 다른 것을 느낀 모양이군요. 어떻게 생각했어요?"

"아니, 그냥……, 현실이라면 절대로 그렇게 잘 되지는 않을 거라고 생각한 것 뿐이야. 한 번 싫어하면, 이제 다시는 아무도 좋아하지 않게 되어버린다. 휴지조각처럼 짓밟히는 것뿐이지."

"그래요, 그렇게 생각했나요. 어째서죠."

"음, 내가 중학교 다닐 때의 일이야. 나는 3년 동안 줄곧 괴롭힘을 받았어. 매일 같이 휴지조각처럼 짓밟히고, 그리고 줄곧 휴지조각인 채였어."

"그랬군요. 그래서, 고등학교 때는 어땠어요?"

"고교 때에는 괴롭힘을 당하지 않았지만 아무와도 말을 하지 않았고, 나한테 말을 걸어주는 사람도 없었어."

"그렇지만, 지금은 나와 이야기하고 있잖아요."

"응. 그러나, 도저히 왕자님이 되어 당신을 행복하게 만들어 주겠다고 장담할 수 있을 것 같지 않아……."

"그래요, 그런 걸 생각하고 있었어요."

이렇게 자기와는 전혀 다른 세계에서 살고 있는 상대의 일면이 노출되는 것이다. 상대에 대해 잘 알지 못한 채로 그냥 함께 있는 것이 즐겁다고 느끼고 있기만 했던 그에게 낯선 면이 보이기 시작하는 것이다. 현실적인 결혼 상대로 한 단계 올라가려면 이런 서로의 다른 점을 긍정적으로 받아들일 수 있어야 한다. 그래야만 서로를 보다 깊게, 그리고 있는 그대로 이해할 수 있는 것이다.

"이거 봐요. 그렇게 빈깡통을 버리면 어떻해요."

"뭐 어때, 남에게 피해를 끼치는 것도 아니잖아."

"그렇지 않아요. 그것을 누군가는 주어서 처리해야 하는 걸요."

"그렇지만, 버릴 곳이 없으니 할 수 없잖아."

"버릴 곳쯤은 어딘가에 있다구요."

"여기서는 안 보이는 걸. 도대체 어떻게 하란 말이야."

"버릴 곳을 찾을 때까지 갖고 있으면 될 게 아니예요."

"그런 궁상맞은 짓은 할 수 없어. 빈깡통을 들고 걸어가다니."

"빈깡통을 함부로 버리는 것보다는 그 편이 훨씬 좋게 보여요."

"쳇, 정말이지 말이 많단 말이야. 정말이지 싫어진다니까. 빈깡통쯤 아무러면 어때."

"어째서 좀 더 올바르게 행동하지 못하는 거예요. 그런 식이라면 무얼 해도 잘 안 될 거예요!"

"귀찮게 구는군. 이제 그만 내버려두란 말이야."

상대가 자기 생각에 맞서오면 금방 실망을 하게 된다. 언제나 마음이 맞고 있던 때의 느낌은 일순간에 사라져버리고 서로의 마음이 멀어져버린 것 같은 쓸쓸함마저 느끼는 것이다. 그래서 대화는 더욱 빗나가게 되고, 싸움으로 번지고 만다.

빈깡통을 버리는 사소한 부주의가 발단이 돼 싸움으로 번지는 까닭은 서로 살고 있는 세계가 다르기 때문이다. 한쪽이 중요하게 생각하는 일이라도 다른 한쪽은 전혀 아무렇지도 않다고 하는, 그런 의식의 차이가 대립을 가져오는 것이다. 아무리 사랑이 최고라 해도 두 사람이 살고 있는 세계는 엄연히 다르다. 그 점을 충분히 이해하지 못하면 결혼하고 나서 '이런 사람인줄 몰랐다'고 후회하게 되는 것이다.

어떤 부부는 남편이 날마다 손수건을 바꾸지 않고 꼬깃꼬깃한 채로 아무렇지도 않게 쓰고 있어서, 아내로서 창피해서 견딜 수가 없다고 싸우고 있었다. 또 어떤 부부는 아내가 세탁소에서 가져온 와이셔츠를 비닐자루째 옷장에 걸어두기 때문에, 와이셔츠를 입을 때마다 비닐자루에서 꺼내지 않으면 안 된다고 화를 내고 있었다. 남편은,

"어째서 제대로 비닐 자루에서 꺼내서, 그냥 입을 수 있게 해두지 않는 거야. 그런 간단한 일쯤은 해줘도 되잖아."

라며 와이셔츠를 꺼낼 때마다 잔소리를 하는 것이었다. 그런 남편의 잔소리를 듣다 못한 아내는 어느 날,

"그렇게 간단한 일이라면 자기가 하면 되잖아요."

라며 반격했다. 부부싸움은 이렇게 시작되는 것이다.

실제로 둘이서 생활을 하기 시작하면 이와 같이 자기 마음에 걸리는 일을 상대는 도무지 신경 쓰지 않는 경우가 많다. 그런 걸 모두 싸울 기회로 삼았다가는 도저히 함께 살기 힘들 것이다. 의견의 차이가 생겼을 때나 각자의 세계가 다르다는 것이 느껴졌을 때는, 그것을 서로의 세계를 보다 깊이 이해하기 위한 찬스

로 삼아야 한다.

"잠깐, 그렇게 빈깡통을 버리면 어떻해요. 난 그런 거 좋아하지 않아요."

"뭐 어때. 누구에게 피해를 끼치는 것도 아니고."

"그렇지만, 누군가가 주어서 처리하지 않으면 안 된다구요. 나는 그렇게 해서 남에게 폐를 끼치는 것은 싫어요."

"그럼 어떻해. 버릴 곳도 안 보이고."

"나 같으면 버릴 곳이 보일 때까지 들고다닐 거예요. 그렇게 하면 아무에게도 폐가 되지 않을 거예요."

"그런 궁상맞은 짓은 할 수 없단 말이야. 깡통을 들고 걸어다니다니."

"그런가요. 궁상맞다고 생각하니까 빈깡통을 그냥 버리는군요. 그렇지만 나는 당신이 빈깡통을 아무데나 버리는 것이 더 싫었어요. 그렇다면 내가 들고다닐 테니 이리 줘요. 나는 빈깡통을 들고 가도 아무렇지 않고, 그리고 빈깡통 상자에다 버리면 내 마음도 개운하구요."

"어째서 그렇게 빈깡통에 집착하는 거지. 나는 아무 데나 버려도 아무렇지 않은데 말이야."

"나도 잘 모르지만, 어릴 때 빈깡통을 버리고 아버지한테 크게 꾸중을 들은 일이 있어서, 그때부터 조심하게 된 것 같아요."

"그래, 그런 일이 있었군."

빈깡통을 함부로 버리는 것을 싫어하는 까닭을 솔직하게 상대

에게 전하고, 상대가 어째서 빈깡통을 함부로 버리는가를 이해하
도록 하는 것이다. 서로의 기분이나 서로의 세계가 이해되기 시
작하면 해결책은 저절로 찾아지는 것이다.

이때 주의할 것은 윤리나 가치관을 앞세워 어느 쪽이 옳고, 어
느 쪽이 틀렸나를 따지지 않도록 한다. 그런 옳고 그름을 자연스
럽게 스스로가 느껴야 하는 것이다.

빈깡통을 버리는 것은 좋지 못한 일이라며 상대에게 그것을
납득시키려고 하면, 자기의 가치관을 상대에게 떠맡기는 격이 된
다. 그래서는 싸움만 벌어질 뿐 상대를 이해할 수 없게 된다.

자기는 빈깡통을 함부로 버리는 것에 신경을 쓰는 세계에 살
고 있지만, 상대는 그것을 신경 쓰지 않는 세계에 살고 있다는
것, 그 어느 쪽의 세계도 부정하지 않고 있는 그대로를 이해해
가는 것이 중요하다. 서로를 있는 그대로 받아들이는 자세가 있
으면, 두 사람의 마음은 더욱 강하게 맺어져 가는 것이다.

애인 사이였을 때는 그냥 즐겁게 이야기할 수 있고, 마음이 맞
으면 그것으로 충분했던 것이다. 그리고 그다지 나쁜 면을 볼 기
회도 없었던 것이다. 그런데 결혼이라면 그런 즐거운 일만으로
충족되지 않는다. 상대의 모든 것, 즉 어두운 면이나 마음에 들지
않는 그의 습관까지 받아들이지 않을 수 없는 것이다.

그것은 말이 쉽지 대단한 스트레스가 아닐 수 없다. 대개의 사
람들은 상대를 자기 마음에 들도록 바꾸려고 한다. 그래서 또 싸
움이 벌어지고 마는 것이다.

싸움을 한다고 상대가 자기 마음에 맞게 바뀌지는 않는다. 역시 있는 그대로의 상대를 인정하지 않으면 행복은 멀어지는 것이다. 행복한 결말을 위해서는 상대를 보다 깊게, 있는 그대로 이해하고, 마음의 고삐 줄을 단단히 할 필요가 있는 것이다. 그런 노력을 하지 않으면 결혼을 했다고 하더라도 행복지기 어렵다는 점을 기억해 주었으면 한다.

17. 상대의 입장에서 이야기를 듣는다

서로 다른 세상을 살아온 두 사람이 함께 살아가려 한다면, 서로의 세계를 충분히 이해하고 받아들이려는 자세가 중요한 것이다. 서로를 자기 쪽에만 맞추려고 하면 행복한 결혼은 어려운 것이다.

그러면, 구체적으로 상대의 세계를 이해한다는 것은 어떤 뜻인가. 또 어떻게 하면 상대의 마음을 이해할 수 있을까를 생각해 보자.

상대의 마음을 이해한다는 것은, 상대가 어떤 것을 느끼고 생각하는지를 자신도 그대로 이해한다는 것이다. 그때 가장 중요한 것은 자기 독단으로 상대를 판단하지 말고 입장을 바꾸어 생각해 본다는 것이다.

"피로연 같은 건 할 필요가 없잖아요."

"그럴 수는 없어. 친척이나 직장 동료들의 눈도 있고, 남들 다

하는 것은 제대로 해야지."

"정말이지 체면만을 생각하는 건 싫단 말이야."

"이건 체면치레가 아니야. 사회적인 관습이라구. 그것을 아무렇게나 한다면 한 사람의 어른으로 인정받지 못하는 거야. 그래서 하는 거야."

"그럼 당신은 동료들의 결혼식에 기쁜 마음으로 참석한 적이 있어나요? 축의금을 내밀고, 맛도 없는 요리를 먹고, 서툰 노래나 듣고……, 조금도 즐거울 게 없었다구요. 모두들 마지못해 올 테니까 그런 건 하지 않아도 된다구요."

"그야, 마지못해 오는 사람도 있을 테지만, 진심으로 축복해 주려고 오는 사람도 있으니까, 역시 하는 게 좋아."

"그렇지만 난 그런 비현실적인 신부 의상은 절대로 입고 싶지 않고, 그런 걸 입어야 한다면 차라리 결혼 같은 건 안 하고 싶어요."

"어째서 그렇게 삐딱해. 결혼식은 꼭 필요한 거야. 인생의 한 단계를 표시하는 일이라구. 그래서 하는 거잖아."

이렇게 의견 대립이 심해지면 우리는 어떻게 하는가. 대개 자기 주장을 상대에게 설득시키려고 한다. 그러나 자기 주장을 위해 싸움을 벌이게 되면 두 사람 사이만 망가지는 것이다.

그런 때일수록 침착하게 상대가 무엇을 생각하고 있는지, 무엇에 집착하고 있는지를 명확하게 파악해야 한다. 상대의 기분을 존중하면서 타협점을 찾아가야 하는 것이다. 그러자면 상대의 마음을 이해해 보려는 대화는 필수적이다.

"피로연 같은 건 할 필요가 없잖아요."

"그럴 수는 없어. 친척이나 직장 동료들의 눈도 있고, 남들 다 하는 것은 제대로 해야지."

"그렇지만, 친구들 결혼식에 몇 번인가 가보아도 어느 것이나 마찬가지로, 좋구나 하고 생각한 적이 없었어요. 모두들 마음에도 없는 형식적인 인사만 하고, 뭔가 정말이지 싫은 느낌이 들었어요. 그래서 난 결혼식 같은 건하고 싶지 않은 거예요."

"그래, 그렇게 생가하는 것도 당연해. 모두가 똑같은 피로연이니까."

"그리고 돈도 많이 들고, 역시 그만 두는 게 좋다고 생각해요."

"그래, 돈이 많이 드는 건 사실이지."

"그리고, 난, 그 신부 드레스도 싫어요. 그런 공주처럼 과장된 옷은 입고 싶지 않다구요."

"음, 드레스가 싫단 말이지. 그렇지만 역시 결혼식에 아무 것도 안 할 수는 없다고 생각해."

"그럴까요. 역시 하지 않으면 안 되는 걸까요……."

이렇게 상대 기분의 흐름을 천천히 따라 들어가는 것이다. 자기 의견은 잠시 잊어두고 상대의 마음을 먼저 이해하도록 노력하는 것이다.

상대의 마음을 따라가다 보면 사실은 무엇이 싫어서 결혼식을 하고 싶지 않다는 것인지를 알 수 있게 될 것이다. 그 뒤의 해결책은 손쉽게 찾아질 것이다. 드레스가 싫다면 그것을 입지 않고 결혼식을 올릴 수는 없을까. 겉치레로 하는 피로연이 싫다면, 뭔가 둘의 마음이 담긴 피로연을 준비할 수는 없을까. 이것저것 의논이 시작될 것이다.

그런데 아까처럼 결혼식을 한다 안 한다로 말다툼이 벌어지면 해결책은 생각하기 힘들어지는 것이다. 두 사람의 의견이 대립하면 먼저 상대의 생각을 천천히 듣는다. 그리고 상대를 이해하려고 하는 적극적인 자세를 취한다.

자기 마음을 이해하며 자기를 소중히 생각하고 있다는 것을 상대에게 느끼게 해주어야 한다. 그래야만 이 사람과 함께 있으면 틀림없이 행복해질 수 있다는 신뢰감이 생겨나는 것이다. 꿈을 꾸기만 하던 애인 사이에서, 현실의 결혼 상대로 바뀌어 가는 단계에서는 반드시 이런 신뢰감이 필요해지는 것이다.

단지 애인 사이를 원한다면 즐거운 이야기를 할 수 있는 사람이면 된다. 그러나 인생을 함께 걸을 결혼상대를 원한다면 자기를 희생할 줄 아는 인간성이 필요한 것이다. 사랑이 결혼으로 이어질지 어떨지는 스스로의 인간성에 달려있는 것이다. 애인을 만드는 것은 잘 하는데 결혼을 하지 못한다는 사람은, 결혼이 연애 시절의 즐거움만으로는 안 된다는 것을 깨닫지 못하고 있는 것이다. 상대를 감싸안는 넉넉한 감성이 없다면 결혼상대를 만나기는 어려울 것이다.

두 사람의 결혼을 정말로 행복하게 하는 것은 서로를 존중하는 신뢰이다. 두 사람이 신뢰감을 갖으려면 역시 여유 있는 인간성만한 것이 없다. 넉넉하게 사람을 사랑하는 마음을 자기 마음속에 키울 수 있는 사람이 행복한 인생을 살 수 있는 것이다.

그런 사랑을 당신의 마음에 키우는 첫 걸음은 자기 생각을 옆에 두고, 상대의 입장에서 상대의 이야기를 들어주는 것이다.

18. 상대의 말을 부정하지 않는다

　어떤 상황에서라도 자기 생각을 들어주는 사람이 있으면, 그 것만으로도 우리는 안심할 수가 있다. 그리고, 그 사람이라면 특별한 신뢰감을 느끼게 되는 것이다. 사랑은 그렇게 싹트는 것이다.

　그 신뢰감을 확실한 것으로 하고 행복한 결혼으로 이어가기 위해서는, 평소 어떤 대화를 하더라도 결코 상대의 말을 부정하지 않는다는 대화의 테크닉이 몸에 익어야 한다.

　"이 넥타이는 어때?"

　"안 돼요. 그런 건 절대로 안 돼."

　"그런가, 그렇지만 이 빨간 색이 마음에 든단 말이야."

　"당신 얼굴에는 그런 화려한 색은 안 어울려요."

　"역시 안 될까. 그러나 이런 화려한 색상으로 모처럼 모험을 해보고 싶었는데."

"당신 얼굴이 수수하니까 화려한 색상의 넥타이를 했다가는 넥타이에 당신 이미지가 가리고 말아요. 그러니까 안 하는 게 좋아요."

"그렇지만, 해보면 의외로 어울릴 수도 있잖아."

"아직도 모르겠어요. 당신이 화려한 넥타이 같은 것을 하면 어울리지 않는 옷을 입힌 어린애처럼 된다니까요. 그러니 그만 두세요."

"그럴지도 모르지만, 정말 안 될까? 때로는 좀 별난 것을 하고 싶단 말이야."

"정말이지 끈질기군요. 안 된다면 안 된다구요."

"그렇게 우격다짐으로 말 안 해도 되잖아!"

"당신이 너무 끈질기니까 그렇죠."

이런 웃지 못할 싸움거리는 많다. 일상적으로 이런 사소한 문제일 때는 저도 모르게 자기 의견을 밀고 나가버린다. 그러다 끝내 상대의 마음을 이해하려고 하는 자세가 없으면 싸움이 벌어지기 마련이다. 하지만 이렇게 말한다면 어떨까.

"이 넥타이는 어때?"

"퍽 화려한 색상이네요."

"이런 걸로 한 번 해보고 싶었지."

"그러고 보면, 당신 넥타이는 언제나 수수한 것 뿐이었네요."

"응, 그래서 때로는 모험을 해볼까 하는 생각도 들어."

"그래요. 때로는 기분을 바꾸는 것도 좋지요."

"이거, 이 넥타이는 어떨까."

"그렇지만, 그건 좀 너무 화려하지 않아요. 같은 빨강이라도 이것이 당신한테는 어울릴 것 같은데요."

"그럴까."

"당신한테는 진한 빨강보다는 좀 옅은 붉은 색이 어울린다구요."

"그러네. 역시 이쪽이 좋겠어."

상대의 말을 부정하지 않고 들으면 대화는 편안하게 흐른다. 그리고 상대의 마음도 잘 이해할 수 있게 된다.

그런 대화를 원한다면 먼저 상대의 맨 처음 말을 절대로 부정하지 말아야 한다. 세 마디 말만 참고 긍정적으로 들으면 상대가 무엇을 말하고 싶은지 알게 될 것이다. 만일 자기 의견이 상대와 다르다면 그때부터 자기 의견을 말하기 시작해도 늦지는 않는 것이다.

혹시 실수로 처음부터 부정적으로 대꾸했다면 도중이라도 긍정적으로 받아들이도록 한다. 그러면 대화는 곧 부드럽게 변할 것이다.

"이 넥타이 어때?"

"안 돼요. 그런 건 절대로 안 돼."

"그런가, 그렇지만 이 빨간 색이 마음에 든단 말이야."

"당신 얼굴에는 그런 화려한 색은 안 어울려요."

"역시 안 될까. 그러나 이런 화려한 색상으로 모처럼 모험을 해보고 싶었는데."

"모험을 하고 싶었다뇨. 뭔가 일을 저지르고 싶었던 건가요?"

"그래. 언제나 같은 것은 좀 싫증이 나잖아. 때로는 넥타이라도 변화를 주고 싶다는 생각이 들어. 그러나 역시 무리일 테지."

"무리라고 할 것까진 없지만, 같은 빨강이라도 당신 얼굴에 어울리는 색과 안 어울리는 색이 있어요. 잘만 어울린다면 빨강이건 노랑이건 괜찮아요."

"그런 거야. 그럼, 이건 어때?"

"그렇게 밝은 빨강은 당신한테는 안 어울려요. 좀 차분한 느낌의 이런 빨강이라면 좋아요."

"그럼 이건?"

"아, 그게 좋겠네요."

"확실히 이게 나한테는 잘 어울리는 것 같군."

상대의 이야기에 부정적인 대답을 하면 상대는 어떻게든 자기 주장을 펴겠다는 오기 같은 것이 일어나 몇 번이고 같은 이야기를 되풀이한다. 그런 때, 대화의 첫 머리가 "그렇지만 이 빨간 색이······." "그렇지만 이런 화사한 색으로······."로 시작되면 곤란하다.

'그렇지만', '그러나', '그렇게 말하지만'이라는 접속어는 상대의 의견을 지워버리는 말이 된다. 그런 말을 몇 번 되풀이하면 상대는 자신의 말을 듣고 있지 않다, 또는 부정적으로 듣고 있다는 것을 알아차리게 된다. 그것을 상대가 알아차렸다고 느꼈다면 그 즉시 긍정적으로 말을 전환해야 한다.

"역시 안 될까. 그러나 이런 화려한 색상으로 모처럼 모험을 해보고 싶었는데."

"모험을 하고 싶었다뇨. 뭔가 일을 저지르고 싶었던 건가요?"

"그래. 언제나 같은 것은 좀 싫증이 나잖아.

긍정적으로 받기 전에는 "그러나"라며 지우는 말로 되받고 있으나, 긍정적으로 받아드린 뒤에는 "그래"라고 동의하는 말로 시작되고 있다. 이렇게 대화 도중이라도 상관없다. 알아차린 순간부터 이야기를 긍정적으로 들어주면 상대의 마음을 잘 알 수 있게 되고, 서로의 신뢰감도 깊어지는 것이다.

19. 군소리나 험담도 상대의 입장에 서서 듣는다

　　상대의 입장에서 말을 듣는 것은 서로의 신뢰를 깊게 하는 첫 걸음이다. 그러니까 어떤 이야기가 나오더라도, 아무튼 상대의 말을 부정하지 않고 상대의 마음을 있는 그대로 이해하려고 하는 자세가 중요하다.

　　그런데, 밝은 이야기나 전향적인 이야기는 긍정적으로 들을 수 있지만, 어두운 이야기나 잔소리 따위는 상대의 입장에서 듣는 것이 퍽 어렵다.

　　"일하다 실수를 해서 과장님한테 단단히 꾸중을 들었어."

　　"큰일 났겠네요."

　　"거래처에 견적서 보내는 것을 깜빡 잊어먹었지. 그쪽에서는 화를 내고 다른 데로 주문을 해버렸어."

　　"바보처럼. 어째서 그런 중요한 일을 깜빡하는 거예요."

　　"그런 소리하면 뭘 해. 여러 가지 일에 쫓겨 정신을 차릴 수 없을 지경이었다구."

"바쁘지 않은 회사일이 어디 있어요. 모든 걸 신경 쓰지 않으면 한 사람 몫을 못해요. 정말이지 언제까지나 철부지 도련님이라니까."

"뭐야. 철부지라니!"

"또 토라지는군요. 언제나 내가 비위를 맞춰주지 않으면 안 된다니까. 이거 봐요. 좀 힘을 내도록 해봐요."

보통 일하다 실수를 했다는 이야기를 들으면, '실수를 해서 큰일'이라는 상대의 기분을 이해하려고 않고, '바보처럼, 어째서 그런 중요한 일을 깜빡'하느냐며 설교를 시작하기 쉽다. 그러나 '실수를 했다'는 생각은 본인이 훨씬 강한 것이다. 새삼스럽게 큰 소리로 나무라는 소리를 않더라도 본인이 가장 심각한 것이다. 그러니까 그런 설교를 들으면 자신도 모르게 화가 나서 '그런 소리하면 뭘 해'라고 되받아 치게 된다. 그리고 싸움이 벌어지고 마는 것이다.

그러나 그런 때야말로 '실수를 해서 큰일'이라는 상대의 마음을 긍정적으로 이해해야 한다. 그러면 '이 사람이 나를 정말로 따뜻하게 지켜보아 주고 있구나.'라고 느끼게 되는 것이다.

상대의 마음을 이해하며 들어주는 대화가 오가면 어떻게 될까.

"일하다 실수를 해서 과장님한테 단단히 꾸중을 들었어."

"저런, 큰일 났었겠네요."

"거래처에다 견적서 보내는 것을 깜빡 잊어먹었지 뭐야, 그쪽에서는 화를 내며 다른 데로 주문을 해버렸어."

"그랬군요."

"여러 가지 일에 쫓겨 허둥대다 보니 깜빡 잊었지. 정말이지 재수가 없었어."

"정말이지 재수가 없었군요. 그런 일은 빨리 잊어버리는 게 좋아요."

"그렇지만, 깜빡 잊어먹은 내 잘못이니까 꾸중들을 만 하지 뭐."

"그래요, 다음부터 주의하면 되죠 뭐."

"아무리 그래도 그렇지, 과장님도 그렇게까지 말을 안 해도 좋았을 텐데. 이젠 됐어. 기분도 그렇고 한데 한잔하러 갈까."

"그래요. 우리 가요."

그다지 어려운 일도 아니다. 다만 '큰일이었다'고 하는 상대의 무거운 마음을 자기도 마찬가지로 실감하면서, '그랬군요.' '정말이지 재수가 없었군요.'라고 맞장구 치면 되는 것이다. 그것만으로 상대는 '내 실수를 따뜻하게 들어주었다.', '어두운 마음을 함께 나누어 가져 주었다.'라고 실감하고 마음이 편해지고 밝아져 갈 수 있는 것이다. 그리고 그처럼 자기에게 따뜻하게 해주는 당신에게 특별한 호의를 느끼게 되는 것이다.

잔소리보다는 상대를 최대한 이해하려는 노력이 필요하다.

"뭐예요, 그런 꼴은, 도대체 어떻게 된 거예요."

"뭐, 이상한 데라도 있어?"

"그런 차림이 아무렇지 않단 말이예요. 정말 봐줄 수 없을 정도의 콤비라구요."

"그렇게 이상하단 말이야."

"정말이지 창피할 정도예요. 당신 센스가 어떻게 된 거 아니예요."

"뭘 꼭 그렇게까지 말을 안 해도 되잖아."

"어머머, 그래도 뭔가 할 말이 있나요."

"정말 왜 그래! 왜 그렇게 언제나 사람을 바보 취급하는 거야. 신경질 나게."

"바보 취급당하고 싶지 않으면 옷차림에 신경 좀 쓰라구요."

이쯤 되면 '내 꼴이 너무하니까 어이가 없어하는 거야.'라며 냉정하게 상대의 말을 생각해 보는 사람은 없을 것이다. 대꾸를 하게 되고 싸움이 벌어지고, 결국 사이는 벌어지고 만다.

하지만, 이런 경우라도 상대의 기분을 이해할 수 있도록 노력하지 않으면 안 되는 것이다.

"뭐예요. 그런 꼴은 도대체 어떻게 된 거예요."

"뭐, 이상한 데라도 있어?"

"그런 차림이 아무렇지 않단 말이예요. 정말 봐줄 수 없을 정도의 콤비라구요."

"그래, 콤비가 이상하단 말야?"

"정말 이상하다고 생각하지 않았어요? 어쩜 이렇게 센스가 없을까."

"자꾸 듣고 보니 그런 것도 같네. 이거 정말 문제 있는 센스야."

"내가 자주 봐주지 않으면 안 되겠어요."

"흠. 그래 준다면야 고맙지."

"알았어요. 앞으로는 나한테 물어보세요. 그렇게 하면 당신 걱정 하나는 덜어줄 수 있다구요."

"그래, 잘 부탁해."

듣기 싫은 소리를 하더라도 한번 꾹 참고 상대의 기분을 이해하면 결코 싸움으로 번지지 않게 된다. 또한 상대가 동정적으로 나오는 것이 다음 순서가 된다. 그런 동정적인 마음이 두 사람의 사이도 깊게 할 것이다.

단지 여기서 주의할 것은, 자기에 대한 험담을 참고 듣고 있는데도 상대가 동정적으로 바뀌지 않으면 문제가 있는 관계인 것이다.

"정말이지 이제, 어쩔 수 없다니까."

"그럴지도 모르겠군."

"아무리 생각해 봐도 함께 어울릴 수 있는 공통점이 없다니까. 마음대로 해 봐요!"

이렇게 언제까지고 험담을 늘어놓을 때는 자기를 상당히 싫어하고 있다는 것을 깨달아야 한다. 또는, 상대는 남의 마음을 전혀 생각할 줄 모르는 철부지일 수도 있다. 아무튼 이런 경우라면 무리하게 계속 사귀는 것은 현명하지 못하다.

반대로 상대가 자기에게 동정적인 태도로 나온다는 것은 당신을 좋아한다는 뜻이다. 상대의 본심은 이러한 때 확실하게 알 수 있는 것이다. 그러니 아무리 험담을 듣더라도 대꾸하지 말고 상대의 입장에서 듣도록 해 보라.

20. 말다툼을 안 하는 테크닉

상대에게 잔소리 듣더라도 대꾸하지 말고 상대의 입장에서 긍정적으로 들을 수 있게 되면, 말다툼이 벌어져도 크게 다투지 않을 수 있다.

다음의 대화를 보기로 하자.

"이 레스토랑, 어쩐지 분위기가 안 좋군요."

"그래, 그렇지만 다들 이런 정도 아니겠어."

"아까 스파게티도 맛이 없더라구요."

"그래, 스파게티는 별로였어."

"그렇지요. 이 레스토랑은 좀 별로지요."

"그래, 어쩐지 마음에 들지는 않는군."

"정말이지 내 기호와는 전혀 맞지 않아요."

"그 정도야. 그럼 다음부터는 오지 않기로 해."

"그래요. 그렇게 해요."

이렇게 상대의 기분을 살펴 대답을 해 가면 말다툼이 일어나지는 않는다.

싸우지 않고 언제나 사이가 좋은 두 사람으로 있을 수 있다면, 그야말로 함께 있는 것 자체가 행복이 되는 것이다. 그리고 드디어 '이 사람과 결혼하고 싶다'는 마음의 결정까지 가능해지는 것이다.

그런데, 이런 이야기를 들려주면 사람들은 곧잘 이런 질문을 한다.

"싸움을 하는 만큼 사이가 좋아진다고 흔히 말을 하는데, 싸움은 하지 않는 것이 좋습니까? 싸우는 편이 사이가 좋아지는 게 아닐까요?"

'싸울수록 사이가 좋아진다'는 것은 그만큼 감출 게 없는 사이가 되었을 때, 자기가 하고 싶은 말을 부담 없이 털어놓으며 싸움을 한다는 뜻이다. 그러니까 싸울 수 있을 정도로 본심을 터놓고 지내는 사이라야 가능한 것이다.

그러나, 이것은 싸울수록 사이가 좋아진다는 뜻이 결코 아니다. 싸우지 않고도 자기 속마음을 상대에게 전할 수 있다면 더욱더 좋은 사이가 될 것이다. 아무리 두터운 사이라도 싸우게 되면 어딘가에는 금이 생기기 마련이다. 그렇기 때문에 싸움을 않는 대화의 테크닉을 몸에 익혀 '이 사람은 다른 사람과는 다르다'고 하는 인상을 남기는 것이 좋은 것이다. 몇 번이고 그런 상황을 넘기다 보면 상대는 '이 사람은 나를 진심으로 소중하게 생각해

주고 있는 거야.'라는 확신이 들게 되는 것이다.

싸움을 미연에 방지하는 대화의 테크닉을 단단히 몸에 익혀 두라. 그것으로 당신의 파트너는 당신에게 몇 걸음 더 가까이 다가오게 될 것이다.

Q 교제를 시작하고 얼마를 지나면, 틀림없이 상대의 결점이나 단점이 눈에 띄게 됩니다. 그 결점을 바로잡도록 지적을 하면, 상대는 아무래도 그것이 못마땅한 지 언제나 거기서 잘못되고 맙니다. 그러나 결혼할 상대의 결점을 그냥 못 본 척 지나칠 수는 없다고 생각합니다.

A 교제를 시작하고 얼마 지나면 상대의 여러 가지 결점이 눈에 띄게 될 것이다. 그리고 장래 결혼을 할지도 모른다는 생각이 들면 자기 부모나 친구들에게 소개하기 전에 어떻게든 그 결점을 바로잡고 싶어진다. 때문에 자신도 모르게 좋지 않은 말도 쉽게 해버리게 된다. 그런데 상대는 자기 결점을 이것저것 들먹거리니 기분이 좋을 리 없다. 결국 그것이 발단이 돼 두 사람의 관계가 나빠지고 마는 것이다.

그런데, 남이라고 생각할 때는 결코 상대의 결점을 지적하지 않는데, 결혼을 전제로 했을 때는 저도 모르게 말해 버리는 것은 왜 일까? 그것은 그만큼 두 사람의 관계가 가까워져 있기 때문이다.

가령, 괴상한 패션을 하고 있는 사람을 거리에서 보았을 때 우리는, "굉장한데!" 하면서 재미있어 한다. 그런데 그런 사람이 자기 애인이 되었다면 도저히 한가히 있을 수가 없는 것이다. 어떻게든 남과 같은 옷차림으로 만들고 싶은 것이다. 마찬가지로, 남일 때는 마음에 걸리지 않는 일이라도 관계가 가까워지면 눈에 거슬리는 것이 사람의 심리다.

그러한 반응이 가장 잘 나타나는 시기가 약혼을 하고 결혼하기까지의 기간이다. 애인 사이일 때에는 아직 조심스런 데가 있지만, 약혼을 하면 관계가 한층 가까워지면서 그러한 긴장은 깨어진다.

친척이나 친구들에게 소개를 하려고 보니 지금까지 마음에 두고 있던 상대의 결점이 문제로 비친다. 때문에 참견이 잦아지는 것이다. 사실 두 사람의 관계에서 가장 위험한 시기가 닥친 것이다. 이것은 다른 상대를 골랐다고 해도 마찬가지일 것이다. 누구라도 관계가 가까워지면 똑 같은 일은 일어나는 것이다. 결혼을 하려면 지나야 하는 관문인 셈이다.

그 관문을 그러면 어떻게 무사히 통과할 수 있을까.

결점을 지적하면 상대가 화를 내버리고 그냥 두자니 가시처럼 마음에 걸리게 된다. 이렇게 아무래도 결점이 마음에 걸려 상대에게 그것을 지적하고 싶다면 여기 좋은 방법이 있다.

상대에게 어떠한 결점이 있더라도 자기가 사랑하는 것에는 변함이 없다는 것을 함께 전하는 것이다. 그러한 마음이 상대에게 충분히 전해지면 상대는 별로 상처를 받지 않고도 '나를 위해 말해 주는 거야.'라고 냉정하게 받아들이고 고치려고 노력하게 되는 것이다.

누구라도 결점이나 단점은 있는 법이다. 그리고 교제를 시작하면 그냥 그것이 눈에 띄는 것이다. 그것을 상대에게 지적할 때는 '그대로의 당신을 좋아한다'는 자기 마음을 상대에게 전해서, 두 사람의 신뢰감을 충분히 조성한 후라야 좋다. 그래야만 서로 간에 충격이 적어진다.

당신을 좋아해서 더 관계를 깊게 하고 싶다는 마음을 먼저 상대에게 충분히 전하라. 그리고 그 다음 마음에 걸리는 상대의 결점을 따져도 늦지 않는다. 그래야만 서로의 의견도 나눠가며 불만스러운 점을 고쳐나갈 수 있게 된다.

Q 현재 교제를 하고 있는 여성으로부터, "말할 때 사투리를 쓰는 것은 정말 싫다."는 말을 들었습니다. 그래서 어떻게든 사투리를 없애려고 노력하고 있는데 뜻대로 되지 않습니다. 그 때문에 결혼을 약속도 못하고 있습니다. 역시 이 결혼은 단념하는 것이 좋을까요. 그보다는 무슨 수를 써서라도 사투리를 없애도록 해야 할까요.

A 당신이 아무리 열심히 노력을 해도 사투리가 없어지지 않는다면 그 사람과는 결혼하지 못할지도 모른다.

결혼하고 싶을 만큼 좋아하는 사람으로부터, "사투리를 쓰는 사람은 싫다."는 말을 들었다면 몹시 괴로웠을 것이다. '그까짓 사투리, 그렇게 싫어할 것까지야 없잖아. 다른 좋은 점도 많은데……; 그런 걸 좋아해 주면 되잖아.'하고 자기도 모르게 원망도 하고 싶었을 것이다.

그런데 그런 마음으로 사투리를 없애고 결혼할 수 있을 것인가? 아무튼 현재 그는 스스로도 갈피를 잡지 못하는 상태다.

이런 경우 가장 주의해야 할 것은 상대를 나무라지 않는다는 것이다. 사람의 취향은 천차만별이다. 담배 연기가 죽도록 싫은 사람이 있는가 하면, 담배 없이는 하루도 살 수 없다는 사람도 있다. 어린애를 좋아해서 되도록 많은 아이를 낳고 싶다는 사람도 있고, 아이는 귀찮아서 싫다는 사람도 있다.

사람이 좋아하고 싫어하는 감정은 저마다 다르다. '그렇게 사투리를 쓰는 것은 이상하다'며 상대를 탓하는 사람은 분명 이상한 사람이다. 그러나, "사투리를 쓴다고 탓하다니 그게 더 이상하군."하며 상대를 탓해선 안 된다. 이 사람은 담배 연기를 몹시 싫어하는 것처럼 사투리를 싫어하는 모양이라고 생각해 주는 것이 중요하다. 그리고 당신이 꼭 그 사람과 결혼을 하고 싶다면 온갖 노력을 다해 사투리를 없애도록 하는 것이다. 그것은 상대를 존중하고 사랑한다는 증거로 남는 것이다.

그러나 자존심 상해가면서까지 상대가 원하는 대로 다 해주고 결혼하려는 자신의 처지가 딱하다고 생각되면, 이번에는 자기의 착한 마음을 칭찬하는 것이다.

자기를 낮춰가면서 상대의 취향대로 자신을 바꾼다는 것은 몹시 괴로운 일이다. '무엇 때문에 그렇게까지 해서 결혼하지 않으면 안 되지.'하는 생각이 당연히 들 것이다. 그런 생각이 들 때는 자신을 높이 평가하는 것이다. 상대가 원하는 대로 자신을 바꿔갈 줄 아는 자신의 넓은 마음을 소중히 하는 것이다.

그렇지만 매우 중요한 사실은, 결혼은 행복한 인생을 보내기 위해서 하는 것이다. 자기를 꺾고 참아가면서까지 하는 것이 아니다. 그러니까 언제나 당당하게 자기 자신으로 있으면 되는 것이다. 상대의 취향에 맞춰서 좋아해 달라고 노력할 것이 아니라, 있는 그대로 당당하게 사는 것이 가장 중요한 것이다.

자신감 넘치는 당당한 당신이 되었을 때, 반드시 '있는 그대로 당신이 좋다'고 말해줄 사람이 나타날 것이다. 그리고, 당신도 동시에 상대를 있는 그대로 받아들여 사랑할 수 있는 마음의 소유자가 되는 것이다.

4부
자기 마음을 상대에게 전하는 대화

21. 참는 것만으로는 견디지 못한다

　상대방을 존중하는 것이 중요하기는 하지만, 자신이 언제나 참지 않으면 안 되기에 문제가 된다.

　"이번 휴일에 남한산성이나 갈까?"

　"남한산성보다는 자유의 다리가 있는 임진각이 더 좋아요."

　"그렇군. 남북이산가족 상봉도 성사되었으니, 임진각에 가보는 것도 의미가 있겠지."

　"당신도 그렇게 생각해요. 그럼 우리 임진각으로 가요."

　"그래. 그렇게 하지."

　상대가 하는 말만 들어주다 보면 자기가 하고 싶은 일은 하나도 할 수 없을지 모른다.

　"우리, 중화요리 먹으러 가지 않을래요?"

　"난 중화요리보다 생선초밥이 좋은데."

"그럼 초밥으로 할까요."

"좋아요."

자기가 중화요리건 일식이건 아무거나 좋을 때는 아무래도 문제될 건 없다. 식사 중 상대방과의 대화도 잘 될 것이고, 상대의 기분도 좋아질 것이다. 그런데, 자기가 유난히도 중화요리를 먹고 싶을 때 억지로 일식집을 가게 된다면 유쾌해질 수 없는 것이다.

"우리, 중화요리 먹으러 가지 않을래요."

"난 중화요리보다는 생선초밥이 좋은데."

"그렇지만, 친구한테서 참 맛있는 중화요리집을 알아냈어요. 난 거기로 가고 싶은데."

"그렇지만, 나는 점심도 중화요리로 먹었는데……, 역시 생선초밥을 먹고 싶어요."

"그래요. 그럼 하는 수 없군요. 일식으로 하죠."

어떻게 설득은 하려고 했으나 잘 되지 않았다. 마음이 약한 사람이라면 그 이상 고집부리지 못하고 타협을 하고 마는 것이다.

그 결과, '언제나 참고만 있어야 하니 원.'하는 기분이 되고 마는 것이다. 그런데 상대는 자신의 그런 기분을 알 까닭이 없다. 상대는 언제나 자기 마음대로 할 수 있어서 만족하고 있는 것이다. 그런 상대의 철부지 같은 모습을 참고 지켜보는 사람은 더욱 화가 치밀기 마련이다.

22. 반대를 하면 싫어할지 모른다

'나만 참아야 하다니 싫다. 내 마음도 알아줘야 하는 거 아냐.'
하는 불만은 누구나 가질 수 있다. 그렇지만 사랑하는 관계에 있
다면 그런 당연한 생각을 표현하지 못하게 되어버리기 일쑤이다.

"지금, 남산 산책로에 있는데 데리러 와주지 않을 테야."

"엇! 지금 말이야! 지금이 몇 시인데, 새벽 한 시 반이란 말이
야."

"그렇지만 택시도 잡히지 않는 걸. 나를 밤새도록 여기 세워둘
작정이야."

"알았어. 곧 갈 테니 기다려. 참~내!"

"이왕 와줄 거라면 좀 기분 좋게 말하면 안돼. 그렇게 싫다면
다른 사람한테 부탁할까?"

"미안, 미안, 곧 갈게."

'거절하면 싫어하게 되어버릴지 모른다'는 생각이 들면 자기

요구를 관철할 수 없게 된다. 언제나 상대의 비위를 맞추고 있지 않으면 안심할 수 없는 관계가 되어버리는 것이다.

이렇게 참고서라도 멀어지지 않도록 하겠다는 마음을 이해할 수는 있다. 좋아하는 사람이 자기를 싫어하게 된다면 슬플 것이고, 이제 다시는 아무도 자기를 좋아해 주지 않을지도 모른다는 절망적인 생각마저 들지도 모른다. 그러나, 참고만 있으면 언제나 좋아해 주느냐 하면, 그렇지만도 않다.

30대 남성과 이런 상담을 했던 적이 있다.

그는 자기가 좋아하는 타입의 사람을 어떻게 사귀게 되었다. 어떻게든 결혼까지 가려고 열심히 노력을 했다. 상대 여성의 요구라면 되도록 다 들어주며 좋은 사이로 남으려고 온갖 애를 써왔다. 때때로 자기의 의견을 밀고 가려고 하다가도 그녀의 비위를 건드릴 것 같다 싶으면 무엇이든 그녀의 결정을 따랐다. 그런데 어느 날, 그녀로부터 귀를 의심할만한 말을 듣고 말았다.

"당신은 참 다정한 사람이지만, 어쩐지 믿음직하지 못하단 느낌이 들어요."

즐겁게 데이트만 하는 거라면 무엇이든 자기 말을 잘 들어주는 사람이 마음 편하고 좋은 것이다. 그러나 막상 결혼 상대로 보면 뭘 생각하는지 잘 알 수 없는, 자기 주관이 없는 사람으로 느껴지는 것이다.

언제나 자기와 같은 곳에 가고 싶고, 같은 것이 먹고 싶다니……, 그런 일이 가능할 까닭이 없음을 깨달은 그녀는, '당신은 정말은 뭘 하고 싶은 거지?'라는 의문을 달게 된 것이다.

그런데, 그 뒤에도 그녀가 싫어할까 봐 그녀에 맞춰가고만 있었던 것이다.

"당신에게는 자기 의견이란 게 없나요? 무엇이든지 내가 말하는 대로만 하다니, 믿음직한 데가 없잖아요."

결국 그녀는 이별을 선언해 버리게 되는 것이다.

정색을 하고 결혼을 생각했을 때는, 상대가 어떤 사람인가를 보다 깊이 이해하려고 생각한다. 그런데 상대는 무얼 생각하는지, 어떤 것을 좋아하는지조차 분명하게 말하지 않는다. 그러니 답답하고 못미더울 수밖에 없다. 결론은 '믿음직하지 않다'가 되는 것이다.

나는 그에게 그런 설명을 하고 나서,

"당신이 어떤 사람인지를 그녀에게 똑바로 전하기 위해서는 오늘 나는 무얼 하고 싶다, 어디에 가고 싶다는 것을 분명하게 말해야만 합니다."

라고 어드바이스 했다. 그러자 그는,

"나도 그렇게 해야겠다고 내 생각을 주장한 적도 있었습니다. 그렇지만 그때마다 '그건 싫어. 이쪽이 좋아.'라며 그녀는 반대를 했고, 결국 그녀가 하자는 대로 안 하면 기분 상해하기 때문에 언제나 그녀에게 맞추게 됩니다."

라고 말했다. 그래서 나는,

"당신 생각을 밀고 가려고 하니까 싸움이 되는 거예요. 주장을 관철하려고 하지 말고, '오늘 나는 이런 일을 하고 싶다고 생각해.'라고 언제나 자기가 무엇을 생각하고 있는가를 메시지로 그녀에게 전하도록 하면 되지요. 그렇게 하면 차츰 당신의 윤곽이 그녀에게 전달될 것이고, 그녀가 당신을 깊이 이해하는 실마리가 될 것입니다."

라고 구체적으로 설명했다.

자기의 마음을 상대에게 전한다는 것은 매우 중요한 일이다. 그런데 우리는 그것을 자기 주장을 관철하는 것으로 착각하고 있다. 자기 주장을 끝까지 밀고 가려고 하면 역시 싸움이 불가피해진다. 그런 일로 다투지 않으려면 메시지로 자기 마음을 전하는 방법을 익혀두어야 한다.

23. 싫다는 말을 못했기 때문에

여고를 졸업하고 작지만 탄탄한 회사에 취직한 여성이 있었다. 드디어 학생의 신분에서 벗어나 가슴 부푼 사회인으로서의 생활이 시작된 것이다.

취직을 한 지 9개월이 지나자 일에도 익숙해지고, 생활도 어느 정도 자리가 잡히게 되었다. 그런데 그해 망년회 3차 모임으로 노래방에 갔을 때, 그 노래방에서 노래를 멋지게 하는 다른 팀의 남자를 사귀게 되었다. 매우 다정하고 이야기를 잘 하는 사람이었다. 그녀는 애인이 생겼다는 기쁨으로 하루하루 활력이 넘쳐다.

그런데, 두 사람의 관계가 깊어져 간 후의 문제가 드러나기 시작했다. 그가 그녀에게 돈을 빌려달라는 것이었다. 사실 그 남자는 제대로 된 직업도 없이 빈둥거리는 건달이었던 것이다. 그러나 그녀는 자기가 좋아하는 그를 올바른 사람으로 만들 자신이 있었다.

"이제부터라도 성실하게 일을 하는 거야."

애정 어린 충고를 아끼지 않으며 몇 차례고 돈을 건네주곤 하였다.

그러나 그녀의 바램은 바램일 뿐, 여전히 그는 놀고만 있었다. 그러다가 그녀마저 돈이 바닥이 나고 말았다. 결국 그녀는 밤에는 술집에서 일을 하게 되었다. 처음에는 '절대로 회사는 그만두지 않는다. 술집은 아르바이트'라고 생각하고 밤낮 없이 일을 했다. 그러나, 그런 생활은 역시 오래 가지 못했다. 얼마 안 가 회사를 그만 두고 술집 종업원이 본업이 되었다. 그리고 그에게 계속 돈을 갖다 바치는 생활이 되풀이되었다.

그녀의 스물 두 번째 생일이 가까워오는 어느 날 밤, 그가 다급하게 아파트로 뛰어들어왔다.

"함께 도망가자. 포커로 큰 빚을 지고 말았어. 곧 빚쟁이들이 몰려들 거야. Y시에 아는 사람이 있으니 거기로 가자. 어서 짐을 챙기라니까."

한바탕 큰 소동이 벌어지고, 영문도 모른 채 그녀는 Y시로 끌려갔다. 그리고, 그녀는 다음날부터 쇼오프랜드란 데서 일을 하게 되었다. 그곳 업주와 벌써 이야기가 되어 있었던 것으로, 그는 거기서 가불한 돈으로 노름빚을 갚을 약속을 하고 왔던 것이다.

매일 같이 저녁 때 가게로 나갈 때는 그가 차로 태워다 주고, 일이 끝나면 데리러왔다. 차는 물론 그녀가 번 돈으로 산 것이었다. 그런 나날은 2년쯤 계속되었고, 그녀가 이런 생활이 언제까지 계속될지 암담하기만 했다. 그런데 어느 날 그가 교통사고를 일으켜 죽었다는 통보를 받았다. 그제서야 그녀는 긴 악몽에서 깨어날 수 있었다.

'좋아하는 그를 위해서' 그가 하라는 대로 계속 생활해 왔던 것이다. 거기에는 너무나도 큰 희생이 따랐다. 몇 번이고 '이런 건 싫다'고 생각했지만, '거절하면 싫어하게 될지 모른다. 그를 올바른 사람으로 만들기 위해서는, 내가 참고 돌봐줄 수밖에 없다'고 타협하면서 종착지까지 와버린 것이다.

이것이 바로 사랑의 함정이다. '사랑하는 사람을 위해서' 자기를 희생하다 상대의 말만을 따르게 된다. 자기를 싫어할까 두려워 자기 생각을 부딪치지 못하게 되고, 때문에 계속해서 자기를 희생하지 않을 수 없다. 그러나 이것은 사랑이 아니다.

행복한 결혼을 위해서는 서로를 존중하고 소중히 해야 한다. 누군가의 일방적인 희생으로 성립되는 결혼은 곪고 있는 종기와도 같은 것이다. 언젠가는 감당하기 어려운 상처로 터뜨려지게 되는 것이다.

그렇게 되지 않기 위해서라도 자기 마음을 확실하게 상대에게 전하지 않으면 안 된다. 자기를 희생하지 않고, 자기를 똑바로 주장하고, 서로의 마음을 존중하는 관계를 성립시킬 때, 결혼은 행복한 것이 된다.

24. 상대의 의견에 반대할 때의 터브

상대의 요구를 거절하거나 상대의 의견에 반대하려면 용기가 뒤따라야 한다. 자칫하면 관계가 깨지거나 다투게 돼 자기를 싫어하게 될지도 모르기 때문이다.

다음과 같은 예를 보자.

"쇼핑 가는 데 함께 가 주지 않을래요?"

"쇼핑이라, 뭘 사러 갈 건데?"

"가을 옷을 함께 고르면 좋겠는데. 부탁해요. 함께 가요."

"싫어, 그런 거. 내가 요즘 얼마나 바빴는지 알기나 해. 계속해서 철야를 해 피곤한 게 안 보여. 쇼핑 같은 데 따라갈 기운이 없다구."

"말도 안 했는데 내가 어떻게 알아요. 난 남의 일 같은 건 몰라요!"

"정말이지, 넌 언제나 자기 멋대로만 말하고, 남의 일은 조금도 생각을 안 해."

"그렇지 않다구요. 당신이야말로 자기 멋대로 잖아요."

거절을 잘 못하면 반드시 싸움이 벌어지고 마는 것이다. 그러면 어떻게 거절하면 좋을까?

상대의 요구를 거절할 때 조심해야 할 다섯 가지 원칙이 있다.

- 상대가 말하는 것을 부정하면 안 된다.
- 자기를 정당화시키는 이유를 달면 안 된다.
- 장사꾼처럼 거래를 하면 안 된다.
- 상대에게 자기 의견을 강요하면 안 된다.
- 거절은 자기 잘못이 아니니까 사과하면 안 된다.

이 다섯 가지를 지킬 수 있다면 어떠한 요구를 거절해도 싸움으로까지 번지는 일은 없다.

25. 상대의 말을 부정하면 안 된다

부탁을 거절할 때도 상대를 부정적으로 생각하면 안 된다. 만약 그런 생각을 품으면 상대는 금방 기분이 상하게 돼 싸울 태세를 취하게 된다.

"쇼핑 가는 데 함께 가주지 않을래요?"

"싫어!"

"그러지 말고, 때로는 함께 가 줘요."

"말이 쇼핑이지, 하루종일 걷는 게 일이잖아. 피곤하기만 해서 싫단 말이야."

"가을 옷을 함께 고르면 좋겠는데. 부탁해요. 함께 가요."

"자기 혼자 골라도 되잖아. 요즘 계속 철야를 해서 피곤해. 오늘은 천천히 쉬고 싶단 말이야. 조금쯤은 내 몸도 생각해 달라구."

"언제나 그런 소리만 하고, 언제나 조금도 상대를 않으면서."

상대에게도 그 나름대로의 생각이 있는 것이다. 처음부터 싸울 준비를 끝내고 말을 시작하는 사람은 없다. 그런데 이처럼 처음부터 딱 잘라 부정해 버리면, '뭐야, 이렇게 신경질적일 필요는 없잖아.'하는 거부감이 드는 것이다. 그렇게 되면 가는 방망이 오는 홍두깨라고, 서로가 핏대를 세우는 말다툼이 벌어지는 것이다.

상대의 요구를 처음부터 막무가내로 부정하면 안 되는 것이다. 아무리 상대의 말에 동의할 수 없더라도 꼭 한 번은 상대의 마음을 긍정적으로 살필 필요가 있는 것이다.

첫마디로 상대의 생각이 전부 이해될 까닭이 없다. 처음부터 상대의 말을 무시하듯 부정해 버리면 상대의 진짜 마음을 알 수가 없게 된다. 다음 대화를 보기 바란다.

"쇼핑 가는 데 함께 가주지 않을래요?"

"쇼핑! 뭘 사러 가는데?"

"당신이 요즘 입맛 없어 하니까, 뭔가 맛있는 걸 만들어 볼까 해서, 산책 겸 저녁 찬거리를 사는 데 함께 가줄래요?"

"좋지. 맛있는 와인이 있으면 더 기쁘지."

"그럼 맛있는 와인에 어울리는 요리를 만들어야겠군요."

같은 말로 대화가 시작되었더라도 첫 한마디를 어떻게 받느냐에 따라 이야기는 전혀 다르게 전개된다.

상대의 말은 차분히 듣고, 먼저 상대의 진짜 속마음을 이해하

려고 노력해 보라. 자기가 정말로 동의할 수 없다면, 상대의 이야
기를 듣고 나서 거절해도 늦지 않는다.

26. 자기를 정당화시키는 이유를 달지 말 것!

　상대의 요구를 거절할 때, 거절하는 이유를 길게 변명하기 쉽다. 그런데 그런 변명이 엉뚱하게도 싸움을 부를 수도 있다.

　"우리 오토 캠핑 가요."

　"정말! 그거 좋지."

　"그럼, 캠핑카를 사기로 해요. 그걸로 전국을 돌아다녀요."

　"전국을!"

　"1억 5천이면 멋진 캠핑카를 살 수 있다구요. 우리 그걸 사요."

　"1억 5천이라니, 내 월급이 얼만데. 고작해야 2백이라구. 그 중 아파트 대부금이 월 90만원, 식비가 50만원, 용돈이 30만원, 그밖의 잡비가 20만원, 그리고 차 할부금이 50만원, 매월 적자라구. 그런데 1억 5천이라니, 말도 안돼."

　"이래서 가난뱅이는 싫다니까. 이상하게 속이 좁다니까."

　"뭐야! 난 있는 그대로 말하는 것뿐인데."

"나는 있는 그대로의 말을 듣고 싶은 게 아니라구요. 꿈을 듣고 싶은 거예요, 꿈을. 그리고 매월 적자라면 우린 결혼도 못하겠네요."

나름대로 정직하게 이유를 설명하고 있는데 싸움이 벌어지고 말았다. 왜 그럴까? 여기에는 두 가지 큰 이유가 있다. 하나는 자기가 거절하는 이유가 정당하면 할수록 상대의 요구는 터무니가 없는 것이 되고, 상대를 부정하는 것이 된다. 논리적으로 자기가 옳다고 하더라도, '당신의 요구는 터무니없어'라는 질책이 되니 상대 감정을 건드리게 되는 것이다.

그런 재미가 없는 설명이 길면 길수록 상대는 더욱 더 감정을 상하게 되고, 끝내는,

"뭐예요, 싫으면 싫다고 한 마디로 말하면 되지, 너저분하게 변명을 늘어놓다니 남자답지 못해요."

라고 버럭 화를 내고 마는 것이다. 요구를 거절당했다는 사실보다 거절하는 방법이 좋지 못하면 싸움이 일어나고 만다. 그것이 두 번째 이유다.

대화 실습에서 '거절을 잘 하는 법'을 연습하고 있을 때, 이런 사람이 있었다.

"저어, 경마를 한번 해보고 싶어요. 함께 가주지 않을래요?"

"나는 가고 싶지 않은 걸."

"왜요. 요즘에는 모두들 레크레이션 삼아 가고 있어요. 사치가

아니라니까요. 우리 가요."

"글쎄, 난 말을 좋아하지 않는단 말이야."

"왜요? 왜 말을 좋아하지 않는다는 거예요?"

"말은 냄새가 나잖아."

"가까이 오는 게 아니니까, 그렇게 냄새는 나지 않아요."

"그렇지만, 경마란 도박이잖아. 역시 싫어"

"그럼, 마권을 안 사면될 게 아니예요."

"그렇지만 역시 재미가 없어. 다른 데 더 재미있는 데로 가기로 하지."

"나는 경마에 가고 싶다니까요. 경마가 재미있어요."

"그렇지만 사람들이 가득 차서 북적대는 걸."

"이거야 원. 언제까지 알아듣지 못할 소리를 할 거예요. 갈 건지 안 갈 건지, 확실하게 하라구요."

"그렇게 화를 내지 않아도 되잖아. 가도 되지만……, 그래도 역시 싫군 그래."

"그렇다면 좋아요. 다른 사람하고 갈 테니까. 잘 있어요."

여러 가지 이유를 차례로 늘어놓고 어떻게든 거절을 하려고 하고 있는데 상대에게는 변명, 억지 소리로밖에 들리지 않는 것이다. 그리고, 그 변명이 길어질수록 자기 점수는 마이너스되는 것이다.

주의, 상대의 요구를 거절하려면 이유를 늘어놓지 말 것! 이유

가 길어질수록 변명이 돼버려 상대의 기분을 더욱 상하게 만든
다는 사실.

27. 흥정으로 갖고 가면 안 된다

상대의 요구를 비켜가는 방법으로 '흥정'의 방법이 있다. 가령,

"나 장난감 사 줘요."

"안 돼, 얼마 전에 샀잖아. 또 사달란 말이야."

"그런 거 싫어, 사 줘, 사 줘."

"또 그런 떼를 쓰다니, 장난감은 안 돼. 그 대신 과자 사 줄게."

"엇! 과자 사줄 거야?"

"그래, 과자라면 좋아. 뭐가 좋을까."

"난 쵸코리트가 좋아요."

주변에서 쉽게 들을 수 있는 엄마와 아이의 대화다. 이것을 '흥정'이라고 한다. 우리는 어릴 때부터 이런 흥정을 통해 자기 요구가 얼버무려지면서 자라왔다. 상대의 요구를 거절할 때도, 이 흥정을 하는 사람이 많다.

"우리 오토 캠핑 가요."

"정말! 그거 좋지."

"그럼, 캠핑카를 사기로 해요. 그걸로 전국을 돌아다녀요."

"전국을!"

"1억 5천이면 멋진 캠핑카를 살 수 있다구요. 우리 그걸 사요."

"1억 5천이라니? 그런 무리한 말로 나를 곤란하게 하지 말아줘. 그렇지, 요전에 자기가 갖고 싶다던 핸드백 사줄까."

"어머나, 그 핸드백을요? 정말 괜찮아요. 그거 엄청나게 비싼 건데. 그렇지만 갖고 싶었어요. 너무 좋아요."

"내일이라도 당장 사러 가지."

"고마워요, 정말."

훌륭하게 거래가 성사되었다. 1억 5천만 원의 캠핑카가 고급 핸드백으로 낙착된 것이다. 상대의 요구를 거절했는데도 상대의 기분은 좋아졌고, 관계도 좋아졌다. 그래서 이 거래는 아무런 문제가 없는 것처럼 보인다.

하지만, 이 거래는 문제의 순간을 적당히 모면하기는 했어도, 해결은 못한 것이다. 캠핑카를 사고 싶다는 상대의 마음을 일시적으로 잊도록 한 것뿐이다. 언젠가는 또 다시 캠핑카 이야기가 나오기 마련이다. 다음의 대화를 보기로 하자.

"엄마, 난 아무래도 학교에 안 가고 싶어요."

"왜 그래, 몸이라도 안 좋은 거야?"

"그게 아니고, 가고 싶지 않다구요."

"무슨 소릴 하는 거야. 넌 착한 아이니까 학교에 가는 거야. 학교에 가면……, 네가 학교에 가면 요전에 사 달랬던 로봇 장난감 사줄게."

"정말이야, 그 로봇 사줄 거야."

"그러니까, 얼른 학교 가야지."

"응."

등교를 거부하는 아이와 엄마 사이의 이런 대화는 자연스럽기까지 하다. 이 경우도 거래를 내세워 그 자리를 어물쩍 넘기고 있는 것이다. 그러나 본질적인 문제는 무엇 하나 해결되지 않은 채이다.

거래하는 것이 버릇이 되면 정말이지 두 사람이 서로 부딪칠 일이 없을지도 모른다. 때문에, 서로의 본심과 본심이 서로 부딪치며 진실해질 수 있는 기회도 잃게 된다.

어떤 경우라도 거래를 내세워 상대의 요구를 슬그머니 넘겨버리는 일은 않는 것이 좋다. 상대의 요구를 그대로 듣고 나서 정직하게 자기 의견과 마음을 전하는 것이 중요하다. 상대의 요구를 현명하게 거절하면 그만큼 서로를 이해한 것이 된다.

28. 거절하기 위해 자기도 요구를 한다면?

상대의 요구를 거절하기 위해 자기도 상대에게 그에 상응하는 요구를 하는 경우도 있다.

"쇼핑 가는 데 함께 가 주지 않을래요?"

"쇼핑이라, 뭘 사러 갈 건데?"

"가을 옷을 함께 고르면 좋겠는데. 부탁해요. 함께 가요."

"함께 가고 싶은 마음은 있지만, 요즘 계속 철야를 해서 피곤해, 오늘은 도저히 쇼핑을 함께 갈 상태가 아니야. 부탁이니까 오늘 하루는 느긋하게 지내도록 해주지 않겠어."

"그렇지만, 빨리 가지 않으면 좋은 것이 다 없어지고 말아요."

"그런 소리 해 봐야 소용없어. 정말 피곤하다니까. 조금은 내 몸이 되어달란 말이야."

"내가 무엇을 부탁해도, 이것도 안 돼, 저것도 안 돼, 언제나 들어준 적이 없잖아요. 때로는 내 부탁을 들어주면 어디가 덧나요."

"피곤할 때는 제발 잔소리 좀 하지 말아줘. 정말로 지금은 피곤하니까 조용히 내버려둬."

"그럼 내 옷은 어떻게 되는 거예요. 좋은 것은 다 없어져 버리고, 또 올해도 새 옷을 사기는 틀렸군요."

"그만큼 절약이니 좋잖아. 입을 것이 하나도 없는 것도 아니고……."

"몰라요."

이렇게 상대에게 요구하는 모양으로 거절해 버리면, 어느 쪽 요구를 우선시 하느냐가 되어버리는 것이다. 그 결과 어느 쪽이 이기고 지느냐가 된다. 이긴 편은 기분 좋겠지만 지는 사람은 언제나 지고만 있다는 불만이 남기 마련이다.

서로의 요구가 맞서며 논쟁이 벌어졌을 때, 진 편은 그 기분을 좀처럼 잊지 못하는 것이다. 언젠가는 틀림없이 상대를 골탕 먹여야겠다고 벼르게 되는 것이다. 다음과 같은 대화를 보도록 하자.

"우리 유원지에 안 갈래요."

"유원지?"

"새로 생긴, 스크류코스터를 한번 타보고 싶어요. 이번 일요일에 가기로 해요. 둘이서 타면 너무 신날 거예요."

"스크류코스터라니, 공중에서 공중제비 하는 그것 말이지. 난 그런 것은 질색이야."

"남자가 그런 자신 없는 소리를 하다니, 뭐예요. 여자들도 소리를 지르면서 신나게 타는데. 우리 가요."

"그러다 만약 떨어지면 어떻게 해. 나는 싫단 말이야."

"떨어질 까닭이 없잖아요. 무서운 거예요?"

"무서운 건 아니지만, 그냥……."

"아니야. 정말은 무서운 거야. 그렇죠."

"무서운 건 아니라고 하잖아."

"그럼 가기로 하는 거예요. 괜찮지요."

"알았어. 가면 되잖아, 가면."

'정말은 무서운 거야. 그렇죠.'라는 상대의 일격에 잘 대꾸하지 못해서 말씨름에 지고 말았다. 이런 경우 꼭 마음의 응어리가 남기 마련이다. 어디에선가 갚아주지 않으면 마음이 편치 못하다. 그 결과,

"여기, 이 차마(車馬)라는 말이 무슨 뜻이지요?"

"차마라니, 어디……."

"여기 차마라고 써있잖아요."

"뭐야! 이건 말이야, 거마(車馬)라고 읽는 거라구. 수레 차는, 이런 때는 거라고 읽는 거야. 자전거(自轉車)가 그 좋은 예지. 좀 더 공부를 하는 게 어때, 시시한 주간지나 읽고 있지 말고."

"뭐예요. 기차나 자동차는 차라고 읽잖아요. 그걸 다 아는 사람이 얼마나 된다고."

"뭐라는 거야. 기껏 가르쳐 주니까, 웬 잔소리야."

"당신이 나를 무시하니까 그렇잖아요. 그렇게 잘난 체 말라구요."

"뭐야, 언제나 나를 무시하는 게 누군데, 자기가 무시를 당한다고 그렇게 화를 내는 거야. 정말이지 제멋대로야."

그렇게 앙갚음을 해버리는 것이다.

두 사람 사이가 좋다면,

"여기, 이 차마(車馬)라는 말이 무슨 뜻이지요?"

"아, 그건 거마(車馬)라고 읽는 거야."

"어머, 이렇게 써 놓고 거마라고 읽어요. 나는 차마로 알았지 뭐예요."

이런 식으로 아무 일 없이 지나가는 것이다. 그런데 마음에 응어리가 있을 때는 '기회'라고 생각하며 상대를 공박하게 되는 것이다.

그런 짓을 되풀이하다가는 두 사람의 사이는 나빠지기만 할 뿐이다. 그러니까 상대의 요구를 거절할 때는 자기가 상대에게 요구하는 모양을 만들지 말 일이다.

29. 잘못하지 않았을 때 상대에게 사과하면 안 된다

상대의 요구를 거절하면 두 사람의 관계가 나빠질까 염려돼 처음부터 져버리고는 상대에게 사과하는 사람이 있다.

"쇼핑 가는 데 함께 가 주지 않을래요?"

"쇼핑이라, 뭘 사러 갈 건데?"

"가을 옷을 함께 고르면 좋겠는데. 부탁해요. 함께 가요."

"가을 양복이라. 올해도 멋진 것이 나와있을 테지."

"그래요. 그러니까 빨리 가야 해요. 좋은 것이 다 없어질 거예요."

"함께 가고는 싶은데. 요즘 계속 철야를 해서 피곤한 상태야. 그러니 쇼핑은 함께 가지 못하겠어. 미안해."

"뭐예요. 사람 마음만 들뜨게 해놓고서, 처음부터 갈 생각이 없었던 거죠. 좋아요. 혼자라도 갈 테니까."

"갈 생각이 없던 것은 아니야. 가고는 싶지만 갈 수가 없는 거야."

"그럼 말이 어딨어요. 그런 말이 나는 제일 싫어요. 그럼 혼자
푹 쉬세요."

"정말 이러기야. 그래, 가자. 가면 되잖아."

"혼자 갈 테니까, 됐어요."

"그렇게 화내지 마. 미안해, 내가 잘못했어."

이렇게 자기가 잘못한 일도 없는데 사과를 하고 있으면 묘한
상하관계가 되어 버린다. 무엇을 잘못했는지도 모르면서 자꾸 사
과를 하지 않으면 안 되게 되는 것이다.

냉정하게 생각해 보면 자기에게도 피곤하다는 분명한 사정이
있는 것이다. 그러니까 상대의 요구를 들어줄 수 있을 때도 있고,
없을 때도 있는 것이다. 반드시 사과할 필요는 없는 것이다.

단지 자기 사정을 솔직하게 상대에게 말하면 되는 것이다. 서
로의 사정을 이해하게 되었을 때, '그럼 어떻게 할까'하고 의논하
면 되는 것이다. 그것이 가장 좋은 해결 방법이다.

30. 아이 메시지

거절할 때는 지켜야할 다섯 가지 터부가 있음을 설명했었다. 그러한 터부를 건드리지 않고 자기 마음을 잘 전하는 테크닉으로, '아이 메시지'라 불리는 대화법이 있다.

아이 메시지란 '자기 마음을 상대에게 메시지로 전한다'는 뜻이 있다. 상대에게 상처를 주거나 화나게 하는 일 없이 자기 마음을 상대에게 전하는 대화법이다.

상대의 요구를 거절할 때, 상대에게 상처를 주거나 화나게 하는 것은 거절할 때 상대를 탓하는 말을 쓰기 때문이다. 다음 대화를 보도록 하자.

"이봐, 괜찮지."
"싫어요, 결혼 전에 섹스를 하다니, 나빠요."
"그건 곰이 마늘 먹던 시절 얘기라구."

"그건 옛날 생각이 아니라구요."

"낡은 거야. 완벽한 골동품이야."

"골동품이라도 좋아요! 좋지 않은 일은 어떤 시대든 좋지 않은 거예요. 그리고, 그런 식으로 언제나 섹스만 생각하다니, 불결해요. 당신이 저질인 증거예요."

"언제나 섹스만 생각한다구? 저질이라니, 그런 소리를 함부로 하다니. 잘난 체하는 도덕의 화신 같으니라구. 그만 둬."

상대의 요구를 억세게 거절하려고 하면, 아무래도 싸움이 벌어지고 마는 것이다. 이 대화를 분석해 보면, '싫어요, 결혼 전에 섹스를 하다니, 나빠요'라고 거절하는 이유 가운데 '나쁘다'며 상대를 비난하고 있다. 비난을 받으면 대개 자기 변호를 하고 싶어지는 것이다. 그래서 그건 '옛날 생각'이라며 낡은 도덕 관념에 지나지 않는다고 반박한다. 그리고 곧이어 '골동품'으로 이어진다.

'그건 곰이 마늘 먹던 시절 얘기'라는 말을 듣고, '옛날 생각이 아니라구요'라고 되받았지만 효과적인 반론이 못되었다. '완벽한 골동품'이란 말에 떠밀리고 말았다. 그러나 그대로 물러설 수 없으니까 '좋지 않은 일은 어떤 시대가 되어도 좋지 않은 일'이라고 되받았다. 그러나 그것만으로는 설득이 될 것 같지 않자 방향을 바꿔서, '불결해요. 당신이 저질'이라며 철저한 일격을 가했다. 이런 비난까지 받고 가만히 있을 상대가 아니다. 결국 목소리를 높여가며 말다툼은 커지기 마련이다.

단적인 예로도 알 수 있듯이, 싸움이 벌어지는 것은 상대를 비난함으로써 요구를 거절하려고 하기 때문이다. 상대를 비난하거나 탓하지 말고 자기 마음만을 상대에게 전하도록 하면 싸움은 되지 않는 것이다. 구체적으로 어떻게 말하면 될까.

"이봐, 괜찮지."
"싫어요. 나는 지금 그런 기분이 아니라구요."
"어째서? 서로 좋아한다면 괜찮을 텐데."
"아무튼, 지금은 그런 마음이 될 수 없는 걸요."
"그래, 그럴 마음이 안 든단 말이지."
"그래요."

이것이 아이 메시지라고 불리는 대화법이다. 쓸데없는 이유나 상대에 대한 비난을 잘라내고 자기 마음만을 전하는 것이다.

우선 비난을 하지 않으니까 상대가 화를 내는 일은 없다. 또, 쓸데없는 이유를 내세우지 않으니까 상대의 반론이 나오는 것도 아니다. 힘들여 입씨름에 지고 이길 일도 없다.

'나는 지금 그런 기분이 아니라구요'라는 자기 감정만을 전하고 있으니까 상대는 '그럴 마음이 되어줄 순 없을까'라고 부탁할 수밖에 없다. 이치를 내세워 설득하려고 하면 말다툼이 벌어지고, 상대를 비난하면 싸움이 벌어진다. 그런 싸움의 실마리를 모두 없애고 자기 마음만을 상대에게 전하는 것이 아이 메시지이다.

31. 아이 메시지는 이런 때도 쓸 수 있다

아이 메시지는 상대의 요구를 거절할 때뿐만 아니라 여러 상황에서 쓸 수 있다. 다음과 같은 대화를 보도록 하자.

"뭐예요. 또 30분이나 늦게 와서, 정말이지 언제나 자기 멋대로란 말야. 약속 좀 제대로 지키면 안 돼요."

"뭘, 언제나 늦는 게 아니잖아. 오늘은 정말이지 손을 떼지 못할 일이 있었단 말이야. 아무 것도 모르면서, 멋대로 라니까. 나는 한가하지 않단 말이야."

"뭐예요. 그럼 나는 한가하단 말이예요. 당신도 한번 기다리는 사람의 입장이 어떤지 돼 봐야 한다구요. 앞으로 또 늦으면 정말 각오해요."

"그렇게 잘난 체 말할 건 또 뭐야. 자기도 요전에 늦게 온 일이 있었으면서……"

"그렇다고 쳐요. 그러나 언제나 기다리고 있는 시간이 긴 쪽은 나였다구요. 오랜 시간 기다리는 건 이제 질색이야."

"일이 바빠 어쩔 수 없었다잖아."

30분 늦었다고 잔소리한 것뿐인데 상대의 반격에 싸움이 벌어지고 말았다. 이 경우도 역시 이유가 있는 것이다. 처음 대화에서 '정말이지 언제나 자기 멋대로란 말야'라고 상대를 코너에 몰았기 때문에 싸움이 벌어지고 만 것이다.

엄마와 아이의 대화를 생각해 보자.

"어째서 넌 제대로 치우지를 못하는 거야. 맨날 맨날 어질러만 놓고, 어쩔 수가 없다니까."

"맨날 맨날이 아니라구요. 요전에는 치웠는걸요, 씨이."

"요전에 딱 한 번 치웠었지. 언제나 잘 치워야 하는 거야. 그리고 뭐야, 엄마에게 그런 억지 소리를 하다니, 정말이지 버릇이 없어 큰 일이야."

곧잘 있을 법한 대화의 예다. 자기가 나쁘다는 것은 잘 알고 있지만, '맨날 맨날 어질러만 놓고'라며 인격을 전면적으로 부정당하는 소리를 듣자, 저도 모르게 '맨날 맨날이 아니라구요'라며 자기 변호를 하게 된다. 그러나, 그것은 역시 억지 소리로 들리고 마니, '정말이지 버릇이 없어 큰 일'이라는 꾸중을 듣고 말았다.

앞의 대화도 마찬가지다. 30분 늦은 잘못은 충분히 알고 있어도 질책의 말을 듣고는 변명이 나와버린 것이다. 그리고, 그것이 원인이 돼 싸움으로 발전해 버리는 것이다.

그러나 이런 경우에도 아이 메시지를 쓰면 싸움으로 번지는 일을 없다.

"기다리다 지쳐서 화 낼 힘도 없다구요."
"지치게 해서 미안해."
"다음 데이트에는 절대 늦지 않았으면 좋겠어요."
"알았어. 다음엔 절대로 늦지 않을게."
자기 마음만을 그대로 전하도록 하면 이렇게 뒤탈 없는 대화가 되는 것이다.

상대를 탓하며 비아냥거리는 말투 같은 것은 모두 그만 두고, 자기 마음만을 진실하게 그대로 전하도록 하자. 분명 두 사람 사이는 더 가까워지면서도 상대는 자기를 이해해 주게 될 것이다.

32. 자기 마음을 전하는 아이 메시지

아이 메시지란 상대에게 상처를 주거나 화나게 하지 않으면서 자기 마음을 전하는 방법이다.

상대로부터 비난을 받거나 질책을 들으면 화가 난다. 또한 명령을 받거나 지시를 받아도 기분이 나빠지는 것이다. 그래서 이런 대화도 때때로 들을 수 있다.

"여보, 거기 화장지 좀 집어줘요."

"싫어, 자기는 손이 없나 뭐."

"글쎄, 지금 손도 까딱하기 힘들만큼 피곤해서 그래."

"나도 지금 저 드라마에서 눈을 뗄 수 없단 말이야."

"뭐야!"

화장지를 집어주는 간단한 일도 명령 투로 부탁을 하면 상대는 기분이 상해 반발할 수 있다. 그래서 우리는,

"여보, 거기 화장지 좀 집어줘요."

"싫어."

"그런 소리하면, 당신이 부탁하는 것도 들어주지 않을 꺼야."

"나는 당신한테 부탁할 게 없는 걸."

"정말 얄밉다. 이제 절대로 당신 말은 들어주지 않을 꺼야."

이렇게 상대를 협박해 자기 요구를 들어주게 만들려고 하거나,

"여보, 거기 화장지 좀 집어줘요."

"싫어."

"집어주면 키스해 줄께."

"엇! 정말. 그럼 집어줘야지. 몇 장?"

"한 장이면 돼. 그럼 키스도 한 번이예요."

이런 거래로 자기 요구를 들어주게 만들려고 하는 것이다. 그러나, 그래서는 두 사람의 관계를 좋게 할 수는 없는 것이다. 이때 아이 메시지를 쓰면 어떻게 될까.

"여보, 거기 화장지 좀 집어주면 좋겠는데."

"아, 그래."

이렇게 말끝을 자기 마음으로 마무리하는 것이다. 이 말은 명령형이 아니기 때문에 상대를 자극하지 않고, 상대를 움직이게 만드는 것이다.

그러나, 아이 메시지가 언제나 특효약이라고 할 수는 없다. 상

대의 기분이 삐딱해져 있는 상태라면 움직이려 들지 않을 수도
있다. 그런 때는,

"여보, 거기 화장지 좀 집어 줘요. 집어주면 고맙겠는데."
"싫어."
"그래요. 집어주지 않으니까 섭섭한데."
라며 자신의 감정으로 마무리하는 것이다. 이때 '좀 섭섭'인지
'매우 섭섭'인지, '실망'인지는 자기의 그때 감정을 솔직하게 표
현하는 것이 중요하다. 진실한 마음이 사람을 움직이는 법이다.
"그래요, 집어주지 않으니까, 좀 섭섭하네요."
"당신도 참, 그런 걸로 섭섭하다고 그래요. 여기 있어요. 뭔가
좀 생각하다가……."
상대 역시도 순수한 마음이 되는 것이다. 명령일 경우에는 서
로가 고집을 부리게 되지만, 아이 메시지로 순수하게 감정 전달
하면 서로가 따스한 마음이 되는 것이다.

"여보, 짐을 들고 있는 거 안 보여요. 거기 문을 열라니까요."
라는 말 대신에,
"짐을 들고 있어서 어쩔 수가 없네요. 문을 열어주면 좋겠네
요."
라고 아이 메시지를 써보는 것이다.
"그렇게까지 심한 소리를 안 해도 되잖아요. 정말 신경질 난다

니까."

라고 말하는 대신에,

"그렇게 심한 소리를 들으면 정말 서러워요."

라고 아이 메시지를 써보는 것이다. 상대에 대한 적대감이 지워지고 착한 자기 본심이 전해지면 상대도 부드러워지는 것이다.

33. 둘이서 의논해서 정한다

아이 메시지로 자기 마음을 솔직하게 상대에게 전하면 싸우지 않고도 상대 의견에 반대할 수 있는 것이다. 그러나 의견이 대립한 채로는 문제 해결이 안 된다. 따라서 의견 대립을 해소하고, 어떻게 풀어갈지를 의논해서 정해야 하는 것이다.

"쇼핑 가는 데 함께 가 주지 않을래요?"

"쇼핑이라, 뭘 사러 갈 건데?"

"가을 옷을 함께 고르면 좋겠는데. 부탁해요. 함께 가요."

"가을 양복이라. 올해도 멋진 것이 나와있을 테지."

"그래요. 그러니까 빨리 가야 해요. 좋은 것이 다 없어질 거예요."

"함께 가고는 싶은데, 요즘 계속 철야를 했기 때문에 너무 피곤해. 오늘은 도저히 즐거운 쇼핑을 할 수 없겠어."

"그래요. 시시하군요. 언제나 피곤하기만 하고, 조금도 재미가 없어요."

"지난주에는 유달리 바빴어. 나도 정말로 함께 가고는 싶지만 도중에서 주저앉고 말 것 같아서, 도저히 즐겁게 물건을 살 수 없을 것 같아."

"그래도, 옷은 역시 함께 고르면 좋겠는데……. 그럼 이렇게 하지 않을래요. 내가 옷을 고르고 있는 동안 당신은 커피숍이나 어디선가 쉬고 있다가, 결정을 할 때만 봐주지 않을래요."

"어떻게?"

"그러니까 나 혼자서, 이거다 하는 것을 고르고 나서, 당신을 커피 숍으로 부르러 갈 테니까, 나중에 함께 보고 정하는 거예요. 난 당신 마음에 드는 옷을 입고 싶다구요. 어때요, 좋죠."

"그거 좋은 생각이야. 그렇게 해준다면 나도 좀 편하고, 옷도 함께 고를 수가 있겠네."

서로의 사정을 충분히 이해하게 되면, '그럼 어떻게 할까'를 의논하는 분위기가 마련되는 것이다. 그 뒤는 서로의 사정을 배려하면서 두 사람이 모두 만족할 수 있는 해결법을 찾아가면 되는 것이다. 그때, 서로를 존중하는 마음이 강할수록, 또 서로의 마음이 순수할수록 의논은 수월해질 것이다.

상대를 화나게 하지 않으면서 순수하게 자기 입장을 전할 수 있으면 문제는 당장에라도 마무리되는 것이다. 정말로 사이가 좋

은 애인 사이로 언제나 남기를 바란다면, 서로 의논을 잘 해야
만 한다.

34. 자기 희망사항을 정확하게 말한다

자기 생각을 상대에게 전할 때는 상대가 정확하게 알 수 있도록 설명한다. 이전의 대화에서는,

"나중에 함께 보고 정하는 거예요. 난 당신 마음에 드는 옷을 입고 싶다구요."

하고 자기 생각을 구체적으로 설명하였다. 그처럼 구체적으로 설명을 하면, 무얼 해주면 좋을지 재보지 않아도 알게 되는 것이다. 짐을 들어주기 위해서 쇼핑을 함께 가자는 것이 아니라는 것을 아는 것만으로도 마음이 편해지는데, 하물며 '당신 마음에 드는 옷을 입고 싶다'는 말까지 듣는다면 아무리 피곤해도 함께 가주고 싶은 것이다. 게다가 옷을 고르는 동안 당신은 커피숍에서 쉬다가 결정만 봐달라며 자기 몸까지 신경 써준다면 감동을 느끼지 않을 수 없게 되는 것이다.

그런 분위기 속에서라면 의논은 손쉽게 마무리되는 것이다.

처음부터 의견이 부딪치면 의논이란 불가능하다. 서로 순수한 마음으로 자기의 사정이나 희망을 또렷이 전하는 것은 매우 중요한 일이다. 다음 대화를 보도록 하자.

"이번 일요일에 63빌딩 수족관 구경가지 않을래?"

"거기보다, 나는 서울대공원이 좋은데."

"과천 서울대공원 말이지. 가을에는 거기도 분위기가 그만이지."

"그렇지요. 그럼 서울대공원으로 해요."

"그런데 얼마 전 텔레비전에서 수족관을 소개하는 것을 보았는데, 그 커다란 상어가 유유히 헤엄치고 있는 걸 봤는데, 그걸 꼭 직접 보고 싶었어. 요즘 이상하게 재미없는 일이 많이 생겨서 큰 상어가 유유히 헤엄치는 걸 보면 기분도 좀 나아질 거 같다는 생각이 들어. 그리고 둘이서 보면 훨씬 더 즐거울 거야."

"그래요. 기분이 그렇다면 수족관에 가자구요. 상어를 보고 나서 유람선을 타면 더 좋겠네요."

"고마워, 일요일이 기대 되는 걸."

이렇게 왜 자기가 수족관에 가고 싶은지, 그 이유를 솔직하게 상대에게 설명하는 것이다. 자기에게 강한 동기가 있다는 걸 알면, '그렇다면 수족관에 가자구요'로 되는 것이다.

서로를 배려해 줄 수 있는 사이 좋은 두 사람이라면 반드시 동기가 강한 쪽으로 저절로 정해지는 것이다. 그렇기 때문에 의논할 때는 먼저 서로가 자기 희망을 순수하고 정확하게 말하는 것이 필요해 지는 것이다.

35. 이기고 지는 것을 만들지 않는다

무언가를 의논해서 정할 때, 마지막으로 조심해야 할 것은, 이기고 지는 것을 만들지 않는다는 것이다.

"점심은 뭘로 할까?"

"난 스파게티가 좋아요."

"난 불고기가 좋겠는데."

"그런데 난 오늘은 속이 편치 않아 불고기는 부담이 되겠어요."

"그래. 난 좀 피로해서 스태미너를 생각하고 싶군."

"그럼 따로따로 먹으러 갈까요."

"따로따로라니, 그럴 수야 있나. 그럼 난 마늘이 든 스파게티로 할까."

"그래요, 그렇게 해요. 마늘도 스태미너 음식이라구요."

서로 자기 생각을 담백하게 밝혀 가장 좋은 해결책을 찾아내도록 하는 것이다.

상대에게 맞춰도 된다는 마음일 때는 흔쾌히 맞추도록 하는 것이다. 혹시 상대와의 타협점이 찾아지지 않을 때라도 억지로 타협을 해 이기고 지는 것을 만드는 것은 좋지 못하다. 이기고 지는 것을 만들면 반드시 관계가 나빠진다. 두 사람이 납득할 수 있을 때까지 의논을 계속하는 것은 그 때문이다.

그리고 한번 결정된 일에 대해서는 책임을 지도록 한다. 나중에 가서 '역시 나는 이런 건 싫어!'라는 등 뒷말은 않는 것이다. 만약 그럴 것 같다고 생각되면 어디까지나 의논을 할 때 끝까지 '나는 싫다'고 자기 주장을 밀고 가도록 한다.

고집스럽게 보일지 모르지만, 그것이 관계에 유익한 방법인 것이다. 그렇게 하면 서로의 마음을 이해하게 되니까 엉뚱한 의심도 필요 없게 된다.

서로를 소중히 하는 신뢰관계 속에서 각자의 마음을 순수하게 상대에게 전하고, 이기고 지는 것이 없이 의논해서 정해갈 수 있는 관계가 가장 좋은 관계인 것이다. 두 사람 사이에 이러한 의논이 스스럼없어지면 아무리 큰 문제가 생긴다고 하더라도 걱정할 필요가 없을 것이다.

행복한 결혼은 이런 뒷받침이 따라줄 때 비로소 실현되는 것이다.

Q 저에게는 교제하고 있는 상대의 행동을 자잘하게 체크하는 나쁜 버릇이 있습니다. 그에게 '친구와 놀러 간다'는 말을 들으면, '누구와?', '어디로?'하고 저도 모르게 따지듯 묻게 됩니다. 그래서 상대는 저를 귀찮게 여기게 되고……, 그래서 몇 번이고 교제에 실패했습니다. 그러지 말아야지 생각은 하지만, 끝내 마음에 걸려 묻게 되고 맙니다.

A 상대의 행동에 신경이 쓰여 못 견디겠다는 것은, 마음속 상당히 깊은 곳에 원인이 있는 것으로 간단히 고쳐지는 것은 아니다.

모든 일이 자기 생각대로 안 된다고, 참지 못하고 화를 내버린다거나 주위 사람들에게 욕설만 늘어놓는 것 역시도 마음 속 깊은 곳에 원인이 있는 것이다. 이것은 간단히 고칠 수 있는 것이 아니다. 그런 습관은 교제 상대에게 불쾌한 느낌을 줘 아무래도 싫어하게 되기 마련이다.

어떻게 하는 것이 현명한 것일까?

먼저 첫 번째는, 상대에게 싫은 느낌을 주지 않기 위해 '저한테는 자잘한 것까지 물어보는 버릇이 있는데, 본심으로 하는 게 아니니까 그냥 흘려들었으면 해요'라고 미리 밝혀두는 것이다. 그렇게 해두면 당신이 상대의 행동을 체크했을 때, 그가 정색을 하고, '왜 사사건건 신경을 쓰는 걸까?'하고 생각하는 일도 없을 것이다. '그래 시작했구나!'하고 가볍게 받아줘 관계가 나빠지는 일은 없을 것이다.

미리 예방 조치를 취해 사고(?)를 예방해 두고 난 다음, 자신이 왜 상대의 행동을 자잘하게 체크하지 않으면 불안한지, 그 원인을 찾아내야 한다.

상대의 행동을 자잘하게 파악하고 있지 않으면 그가 어디론가 가버릴 것처럼 생각되는 분리불안(分離不安)이 원인인지, 상대의 모든 것을 자기 것으로 하고 컨트롤하고 싶다는 소유욕구(所有慾求)가 원인인지, 단순히 상대의 일을 더 잘 알고 싶다는 지적관심(知的觀心)인지, 진짜 원인이 어디 있는지 진지하게 찾아보는 것이다.

원인이 밝혀지면 '누구와?', '어디에?'라는 막연한 물음으로 상대를 귀찮게 만드는 일도 자연스럽게 없어지는 것이다.

원인이 단순한 지적관심이라면, '당신 친구들에 대해서도 잘 알고 싶으니까, 언젠가 소개해 주세요'하고 말하면 되는 것이다. 상대는 '그럼, 오늘 함께 가도록 해.'라고 말해 줄지 모른다.

분리불안이 원인이라면, '누군가와, 놀러가 버리고 나면 내버려진 듯 쓸쓸하다구요.'라고 솔직하게 말해보자. 그러면 그는 '그렇지만 벌써 약속을 했으니까, 이번만 참아주면 좋겠어.'라고 대답해 줄지 모른다.

이렇게 원인을 알게 된다면, 그것을 순수하게 표현할 수도 있게 된다. 그러면 상대도 당신을 한결 편하게 대할 수 있게 되고, 귀찮다는 말은 하지 않을 것이다.

사람은 많은 만남을 통해 자기의 진짜 모습을 발견해 가는 것이다. 남의 문란한 것을 용서하지 못하는 자기, 고지식한 사람을 보고 답답하게 생각하는 자기, 가난한 사람을 보고 우월감을 갖는 자기, 이렇게 자기의 본질은 많은 사람과 만나며 모습이 드러나는 것이다.

자신의 참 모습을 똑바로 자각하는 데서 인격의 향상은 시작된다. 누구와도, 온건하게 대화할 수 있는 성숙한 인간으로 성장해 가는 과정에는 이러한 자각이 뒤따르는 것이다. 실패를 두려워 않고 많은 사람과 사귀고 진짜 자기를 찾아내도록 노력하자. 그것이 자기 결점을 극복하는 가장 빠른 지름길이며, 누구에게나 사랑과 신뢰를 받는 사람이 되는 비결이다.

Q 데이트 비용은 내가 모두 내고 있습니다. 거듭되다 보니 차츰 부담을 느낍니다. 그러나, 그녀가 언제나 밝은 얼굴로, '잘 먹었어요.'라거나 '고마워요.'라고 말해주기 때문에 '각자 부담으로 해요.'라는 말은 도저히 꺼낼 수가 없습니다.

A 결론부터 말하자면, 자기 상황을 정직하게 털어놓아야 한다. 다만, 말하는 방법이 안 좋으면 상대에게 좋지 못한 인상을 남기게 되니까 주의해야 한다. 가장 적절한 말은, '나는 당신을 정말 좋아합니다. 사실은 매일 만나고 싶지만, 데이트 비용이 모자라서 마음처럼 자주 당신을 만날 수 없어서 안타깝고 미안해집니다.' 이런 식으로 말하는 것이다.

하지만, 주의해야 할 것 두 가지 있다.

하나는, 상대에게 '나를 싫어하는 것이 아닐까'하는 오해를 사지 않도록 하는 것이다. 그러기 위해서 '당신을 좋아해서 매일이라도 만나고 싶다'는 그녀에 대한 자기 마음을 정확하게 전해야 하는 것이다.

또 하나는, 상대를 비난하거나 상대에게 요구를 하면 안 된다는 것이다. 가령, '자기 식사비 정도는 자기가 내면 좋을 텐데.'라거나 '당신이 자기 몫을 대지 않으니까 데이트를 하지 못한다'는 말은 상대를 비난하는 것이 된다. 당연히 그녀는 기분이 상해 화를 내고 말 것이다.

그렇다고 '날마다 데이트를 하고 싶으니까, 이제부터는 각자 부담을 하도록 해요.'라고 말한다면 상대에게 요구하는 것이 된다. 이것은 자기 생각을 상대에게 떠맡기는 것이 되고, 그녀를 불쾌하게 만들지도 모른다.

그녀를 불쾌하게 만들어 버린다면 두 삶의 관계는 나빠지고 말 것이다.

상대를 비난하거나 요구를 하거나 하지 않도록 주의하며, '데이트 비용이 모자라서, 자주 만날 수 없어 유감'이라는 사실과 자기 마음만을 순수하게 그녀에게 전하는 것이다.

그러면 그녀는 '그 정도 돈도 없는 사람과는 사귀고 싶지 않다'는 말을 할지도 모른다. 또는 '그럼 돈이 안 드는 데이트'를 하자는 제안을 할지도 모른다. 또는, '데이트 비용은 나도 낼 수 있어요'라고 말해 줄지도 모른다. 결과가 어떻게 될지는 알 수가 없다. 그러나 한 가지만은 확실하다. 그것은 당신이 말하기 어려워하던 것을 상대에게 똑바로 전할 수 있었다는 사실이다.

모르는 남이나 아무래도 좋다는 사람 앞에서 우리는 결코 자기의 약한 데를 보이는 짓은 하지 않는다. 그렇지만 오래 사귀려고 하는 사람에게는 자신의 약점이나 결점을 보여가지 않으면 오래 사귈 수 없는 것이다.

즉, 자기 결점을 상대에게 보일 수 있는 용기를 가질 수 있느냐 없느냐 하는 것이 두 사람의 관계를 깊게 하는 중요한 포인트가 되는 것이다.

결과야 어떻게 되든 두려워하지 말고 자신의 정직한 마음을 상대에게 전해 보자. 당신도 모르는 사이 남과 깊은 관계를 가질 수 있는 넉넉한 마음의 소유자가 되어 있을 것이다.

5부
행복한 결혼을 위해서

36. 컬처 쇼크(Culture Shock)의 시련

애인 사이의 두 사람은 함께 하는 것을 크나 큰 행복이라고 느낀다. 함께 보고, 함께 감동하고, 함게 먹고, 함께 만족하는 둘만의 세계에서 기쁨은 갑절이 된다.

그렇기 때문에 결혼을 해 줄곧 둘이 있을 수 있게 된다면 얼마나 행복할까를 상상하다가 '결혼하자'고 프로포즈하는 것이다.

결혼을 결정하는 순간은 누구라도 가장 행복한 순간이 되는 것이다. 그리고 틀림없이 행복한 앞날만이 두 사람을 기다리고 있다고 확신하는 것이다.

그런데, 실제로는 모든 사람이 행복한 생활을 한다고 장담할 수 없는 것이다. 사실 상당한 사람이 이혼을 하고 있는 것이 현실이다. 또 이혼까지 가지는 않더라도 결혼 생활에 불만을 갖고 있는 사람이 많다. '결혼을 해서 행복했다'고 진심으로 말할 수 있는 사람이 더 적을지도 모른다.

어째서 행복의 절정에 있던 두 사람이 더 행복해지기 위해 결혼을 했는데 전보다 더 행복해지지 못한 것일까. 이유는 여러 가지겠지만 여기서는 결혼 후 누구나 겪게 시련 네 가지를 살펴보도록 하겠다.

우선 첫 번째는, 컬처 쇼크(Culture Shock)의 시련이다.

컬처 쇼크란 자기가 살아온 문화와 다른 문화가 부딪쳤을 때 느끼는 놀라움이다. 즉, 다른 문화에 적응하지 못해 스트레스를 느끼는 현상이다. 결혼이란 서로 좋아하는 두 사람이 함께 생활을 하고 싶어 맺게 되는 관계지만, 그것은 동시에 전혀 다른 문화를 갖은 두 사람의 충돌이기도 한 것이다.

이를테면 아침 밥상까지 극단적일 수 있다. 남편은 순 한국식으로 김치와 된장국, 아내는 토스트에 에그 프라이, 야채 샐러드, 그리고 원두 커피를 선호할 수도 있다.

한참 행복한 신혼에는 따로따로 아침 식사를 만들거나, 서로의 아침 식사를 만들어 줄 수도 있다. 그렇지만 언제까지 그럴 수는 없는 일, 어느 쪽인가로 기울기 마련이다. 그리고 자기가 좋아하는 아침 식사를 빼앗긴 쪽은 '뭔지 모르게 재미가 없다'는 기분이 된다.

어떤 두 사람에게는 이런 일도 일어났었다.

남편은 컴퓨터 게임광으로 새 게임을 사오면 며칠이고 끼니마저 걸러가며 몰두할 정도였다. 연애 시절에는 그녀와의 데이트도 즐거웠고, 또 게임도 마음내키는 만큼 할 수 있어 행복의 절정이었다.

그런데 막상 결혼을 하고 나니 게임을 할 수 없게 돼버렸다. 혼자 게임에 몰두하고 있으면 아내가 노골적으로 싫은 얼굴을 하기 때문에 둘이서 즐겁게 지내도록 하고 있었던 것이다. 그것은 그것대로 즐거웠지만 역시 마음대로 게임도 하고 싶었다. 게임을 못하는 날이 계속되고, 6개월이 지날 무렵 남편은, '이럴 줄 알았더라면 결혼 같은 것은 안 했더라면 좋았을 거야.'라고 생각하기 시작했다.

전혀 다른 문화를 갖는 두 사람이 함께 살기 시작하면 예전처럼 자기 문화, 자기의 생활을 계속해 가는 것이 어려워진다. 반드시 어느 쪽인가의 문화와 생활이 우선시 되기 마련이다. 자기 생활이 우선시 된다면 아무런 문제없이 행복하게 지낼 수 있지만, 자기 생활이 증발하게 되었을 때는 재미없는 기분이 되는 것이다.

결혼하고 1년쯤 지나 대강의 생활 방식이 정해질 무렵에는 어지간히 많은 불만이 두 사람 사이에 쌓이게 된다. 그리고 서로가 '이럴 줄 알았더라면 결혼하지 않았으면 좋았을 텐데.'하는 마음을 품게 되는 것이다.

어떤 설문 조사에 따르면 결혼하고 싶지 않은 첫 번째 이유가 '자유가 없어지니까'였다고 한다. 그런데 사실은 자기 세계를 자

기 뜻대로 살 수 없게 되는 것이 결혼인 것이다. 그러나 그것은
다른 세계에서 살던 두 사람이 한 세계를 만들어 가는 과정에서
아무래도 비켜가기 힘든 컬처 쇼크인 것이다.

37. 페미니즘의 시련

옛날 우리 나라의 결혼은 여자가 남자 집에 들어가 사는 '시집살이' 형식이었다. 여자는 남자 집안의 풍습을 익히고, 그대로 전해 가는 것이 아내의 임무처럼 되어 있었다. 그런 형식이라면 컬처 쇼크는 일어나지 않는다. 그러나 이 경우 컬처 쇼크가 일어나지 않았던 까닭은 순전히 여성이 인내한 덕택이었다.

지금은 시집이라는 개념이 덜해졌다. 서로 좋아하는 두 사람이 함께 사는 것이 결혼이라는 생각이 많이 일반화되었다. 때문에 여성만이 인내해야 하는 결혼은 비합리적인 것이 되었다. 그리고 그와 동시에 컬처 쇼크라는 것이 들이닥친 것이다.

거기다가 최근에는 페미니즘이 결혼의 시련으로 새로 보태지게 되었다. 남자가 자기 세계를 살아가는 것과 마찬가지로 여자도 자기 세계를 살아가고 싶다고 생각하기 시작한 것이다.

24세의 여성이 결혼을 눈앞에 하고 고민하고 있었다. 그녀는 여행사에 근무하면서 같은 직장의 세 살 많은 남자와 결혼을 약속하고 있었다. 그는 장래 독립해서 여행사를 갖는 것이 꿈이었고, 그러기 위해서 열심히 노력하는 중이었다. 그녀는 결혼하면 그런 그를 도와 둘이서 함께 여행사를 꾸려가겠다고 생각하고 있었다. 결혼을 약속하고, 드디어 두 사람의 꿈이 사랑이 결실을 맺는 것처럼 생각되었다.

그런데 어느 날, 그녀는 문득 의심이 들었다. 그가 말하는 장래의 꿈 속에는 당연한 것처럼 자신의 배역이 짜여져 있었다. 그가 영업을 하거나 여행객을 인솔하고 뛰어다니고 있는 동안, 자신은 사무소에 앉아서 전화를 받고 서류를 정리하고 있는 것으로 되어 있었던 것이다.

처음엔 그녀도 결혼을 하면 그렇게 되는 거라고 생각했다. 그렇지만 몇 번이고 다시 생각해 보니까 그것이 정말로 자기 꿈이었던가 하는 의문이 생겼다. 그의 꿈 일부에 멋대로 자기가 짜여져 있다고 느껴졌을 때, '그건 자기의 꿈이지 결코 나의 꿈은 아니다.'는 것을 깨달은 것이다.

남자든 여자든 자기 자신의 세계를 갖고 싶은 것이다. 자기 세계에서 마음껏 여유 있게 살아가는 것이 가장 행복한 때문이다. 아무리 좋아하는 그이의 꿈일지라도 그것이 그대로 자기의 꿈이 될 수는 없는 것이다. 그런데, 남자는 결혼하면 그녀가 자기 꿈을 뒷받침해주는 거라고 마음대로 생각해 버리고 있었던 것이다. 그것은 아내로서 당연한 것이라고 아무런 의문도 느끼지 않고 있었던 것이다. 그녀로서는 그 전이 더욱 화가 나는 일이었다. 그녀는 결국 '내 인생은 당신의 심부름을 해주기 위해 있는 것이 아니다. 내 인생은 내 것이다.'라며 마음 속으로 외치기 시작한 것이다.

자기 세계를 살아가고 싶다는 것은 인간의 기본적인 바램이다. 그런데 결혼을 할 때는 자기 세계를 버리지 않으면 안 될 때가 있다. 그것이 괴로워 결혼을 결심하지 못하겠다는 여성의 상담을 받은 일이 있었다.

대학을 졸업하고 고향인 M시로 내려가 광고회사에서 일하고 있는 여성이 있었다. 결혼하기로 한 약혼자는 같은 대학 1년 선배로, 그는 졸업하고 나서 은행에 다니고 있었다. 그녀가 고향에 내려온 뒤에도 교제는 계속되었다. 그리고 그녀가 25세가 되었을 때 결혼을 결정하게 되었다. 처음에는 좋아하는 그와 결혼할 수 있다는 생각에 행복하기만 했다. 그런데 결혼 날짜가 가까워오고, 그가 있는 T시로 가기 위해서 짐을 정리하기 시작할 무렵부터 차츰 우울해지기 시작했다. 그녀는 '왜 나만 모든 것을 버리지 않으면 안 되는 것일까.'라는 생각이 든 것이다.

그는 T시에서 태어났고, 거기서 대학을 나왔고, 거기서 취직을 했다. 가족도 친구도 직장도 모두 T시에 있었다. 그리고 그는 M시에 있는 그녀를 데려다가 T시의 자기 세계에 보태는 것뿐이다.

그에 비해 그녀는 가족도 친구도 하던 일도 모두 버리지 않을 수 없는 것이다. 25년 동안의 자기 세계를 몽땅 버리는 것이 결혼이었던 것이다.

같은 결혼을 하는데 그는 아무 것도 버리지 않는다. 그녀는 그것이 매우 불공평하게 보였다. 게다가 그것이 당연하다고 생각하고 있는 그에게 화가 잔뜩 났다. '결혼을 그만 둘까.'하는 생각까지 들게 된 것도 무리는 아니었다.

2~30년 전까지 그런 고민은 거의 없었을 것이다. 여성에게 결혼이란 '오랫동안 신세 많았습니다.'라며 부모에게 인사하고 그의 곁으로 가는 것이었다. 그리고 '나도 결혼을 한 거야.'라며 감격하면 되는 식이었다. 남편과 같은 꿈을 꾸고, 그것을 실현하기 위해 남편을 돕고 노력을 하는 것이 여성의 행복이었던 것이다.

그러나 지금은 그런 남성 중심의 결혼에 위화감을 느끼는 여성이 부쩍 늘었다. '나에게도 나의 세계가 있다'는 자기 중심의 세계관을 갖게 된 것이다. 때문에 '나만이 모두를 버리는 것은 불공평해.'하는 불만이 나오게 된 것이다.

자기 세계를 살아가고 싶다고 생각하는 것은 당연한 바램이다. 많은 여성이 남성 중심의 결혼관에 위화감을 느끼는 것도 당연하다. 그런데, 서로가 자기 세계를 갖고 싶다는 주장을 굽히려고 하지 않으면 결혼은 중대한 위기를 맞게 된다.

결혼은 두 사람이 함께 사는 것이다. 함께 살면서 하나의 세계를 두 사람이 함께 갖는 것이다. 마음의 유대가 깊어지고, 그러면서 함께 산다는 기쁨을 실감하게 되는 것이다. 그것이 결혼에서 얻어지는 행복인 것이다.

그런데 결혼한 뒤에도, '당신과 나의 세계는 따로 따로'라고 말하고 각자 자기 세계를 살아간다면 어떻게 될까. 그렇게는 아무리 오래 함께 산다고 해도 함께 사는 기쁨을 실감하지 못할 것이다. 이미 결혼이란 무의미한 상태가 돼버리는 것이다.

뜨겁게 사랑을 하고, 가득한 행복감에 젖어 결혼 생활을 시작하고 난 뒤 그것을 깨닫는 여성도 있었다.

어패럴 메이커에서 근무하는 그는 평소 출장이 많았다. 한 달이면 절반 이상을 집에 돌아오지 못했다. 회사에 다니는 그녀는 그것이 불만이었다. 함께 있지 못하기 때문에 쓸쓸하게 지내야 했던 것이다. 그런 그가 이번에는 아예 지방으로 전근을 가게 되었다. 앞으로 더욱 만나기가 어려워질 것은 뻔했다. 그녀는 견딜 수가 없었다. 결혼을 약속하고, 부모를 설득하고 뒤쫓듯 지방으로 내려갔다.

그리고 꿈꾸어왔던 두 사람만의 생활이 시작되었다. 아침 식사를 마련하는 것도 도시락을 만드는 것도 즐겁기만 했다. 빨래를 하고 내다 말리는 것도 행복했다. 그가 회사에서 돌아와서 함께 말을 주고받는 행복은 무엇과도 견줄 수 없었다.

그런 행복한 나날이 석 달쯤 지날 무렵, 어쩐지 허무해지는 마음을 감출 수 없었다.

아침에 그를 배웅하고 나면 저녁에 그가 집에 돌아올 때까지 그녀는 할 일이 없는 것이다. 빨래나 청소는 두 시간이면 끝나버린다. 저녁 식사 준비는 저녁때 시장에 다녀와도 넉넉했다. 아침 7시 반에 그를 떠나보내고 나서 저녁 8시에 그가 돌아올 때까지의 12시간 30분, 정말이지 할 일이 없는 것이었다.

서울에 있을 때는 일이 있었고, 배우러 다닐 학원이 있었고, 친구가 있었고, 그가 없더라도 지루하거나 하는 일은 없었던 것이다. 그런데 그런 것을 모두 버리고 그를 쫓아서 지방에 와보니 정말로 아무 것도 할 일이 없었다.

6개월이 지나고, 그녀는 생각했다. '이것이 정말로 내가 바라던 것이었던가. 이런 생활이 앞으로 몇 십 년 계속될 텐데 내가 견딜 수가 있을까.' 그녀는 생각 끝에 혼자서 서울로 돌아왔다. 그가 싫어진 것은 아니다. 지금도 좋아하고 있다. 그러나 자기 세계를 모두 버리고 그만을 위해 사는 생활은 견딜 수 없었던 것이다.

애인 사이일 때는 함께 있을 수 있는 것만으로도 행복하다. 그래서 누구나 결혼을 해서 언제나 함께 있을 수 있기를 바란다. 그 결과 서로가 모든 것을 버리고라도 결혼해야겠다고 생각한다. 마음이 하나로 묶여진 듯 느껴지고, 둘이 있는 것이 곱절의 기쁨이 된다.

그런데, '나는 나, 당신은 당신'을 주장하려면 결혼은 할 필요가 없다. 또 아무리 결혼을 했더라도 행복은 느낄 수 없게 된다. 이것이 페미니즘이 주는 시련이다.

178

38. 호저(豪豬)* 딜레마의 시련

　자신의 세계를 마음대로 살아가는 것이 가장 큰 행복인 것이다. 그런데 결혼은 두 가지 다른 문화, 다른 세계를 모아서 새로운 하나의 세계를 만드는 것이다. 때문에 자기 마음대로 살아갈 수 없다는 불만이 나오거나 '나만이 희생을 해야 하다니 불공평해'라며 자기 세계를 주장하기도 하는 것이다.

　그 결과 함께 있는 것만으로 행복해야 했을 결혼이 함께 있는 것으로 불행해지기 시작하는 것이다. '서로의 세계는 따로 따로', '당신은 당신, 나는 나'라고 느끼기 시작하면 결혼의 의미를 잃게 된다. 뿐만 아니라 결혼이 자기 세계를 억압하는 감옥처럼 생각

* 역자 주) 호저豪豬 : 설치목(齧齒目)의 짐승. 아시아, 아프리카의 열대에 생식하며, 종류가 많다. 크기는 토끼 정도. 흑갈색으로 등 부위의 털은 굳어져서 긴 가시가 되고, 화를 냈을 때 가시를 세우고 꼬리를 흔들어 소리를 내며 적에게 뒤로 향해서 가시로 찌른다. 낮에는 땅속 굴 안에 살며, 밤에 나와서 식물을 먹는다.

되기도 하는 것이다.

컬처 쇼크의 시련이나 페미니즘의 시련을 극복하지 못하면 '둘이서 함께'라는 의미를 잃는다. 자기 세계로 되돌아가려고 할수록 행복한 결혼은 파괴되고 마는 것이다. 그런 시련은 정도의 차이는 있겠지만 누구에게라도 반드시 일어난다. 두 세계가 맞부딪쳐 하나의 세계가 되려면 필연적으로 일어나는 통과의례이다.

이러한 시련이 일어나면 예전의 애인 사이 같은 일체감, 함께 있기만 해도 행복했던 무렵으로 돌아가려고 노력한다. 예전처럼 일체감만 되찾을 수 있다면 멀어진 두 사람의 마음을 끌어당겨 결혼하길 역시 잘했다는 이야기를 나눌 것으로 생각한다.

그런데, 이렇게 노력 가운데 또 하나의 커다란 시련이 도사리고 있는 것이다. 바로 호저(豪豬) 딜레마의 시련이 그것이다.

호저(豪豬) 딜레마란 쇼펜하우어의 다음과 같은 관찰에서 연유한 인간 관계의 심리적 갈등이다.

『어느 겨울날, 추위에 견디다 못한 호저(豪豬) 커플이 몸을 기대고 서로를 덥혀 주고 있었다. 그런데 자기들의 가시가 서로를 찌르게 돼 오래 견딜 수가 없었다. 그래서 그들은 떨어져 보지만, 추위 역시 견딜 수 없는 것이었다. 몇 번이고 붙었다 떨어졌다를 되풀이한 뒤, 가까스로 호저들은 서로에게 그다지 상처를 주지 않아도 되고, 그리고 얼마큼 몸을 덥혀 줄 수 있는 거리를 찾아냈다.』

사람도 호저와 마찬가지다. 일심동체가 되려고 관계를 가까이

하면 서로가 상처를 내게 된다는 것이다. 상처가 싫어 멀어지면 외로움을 견딜 수 없게 된다.

그러니까 일심동체가 되려고 관계를 가까이 하면 서로에게 상처를 주고, 그것을 피해 멀어지면 남남이 되어버린다. 이것이 호저의 딜레마라고 불리는 인간관계의 심리적 갈등이다.

좀더 구체적으로 어떤 것이 호저의 딜레마일까.

애인 사이가 되면 대개 자기와 같은 기쁨을 상대도 공유해 주었으면 하고 바라게 된다. 캠핑을 좋아하는 사람은 애인도 캠핑을 좋아하길 바란다. 둘이 캠핑을 즐기면 기쁨이 두 배가 될 거라고 생각할 것이다.

음식도 마찬가지다. 청국장을 좋아하는 사람은 결혼하고 나서 아침마다 둘이서 맛있게 청국장을 먹고 싶다고 생각할 것이다. 그런데, 상대가 '청국장은 질색이예요. 난 냄새가 고약한 건 먹지 못해요.'라고 한다면 어떻게 될까. 상대가 자기와 별로 상관없는 남이라면, '그래, 당신은 청국장을 싫어하는군.'하는 말로 끝나는 것이다.

그런데 상대가 자기가 좋아하는 사람이라면, '그러지 말고 먹어 보라구. 맛도 있고, 몸에도 좋은 거야. 나는 이걸 제일 좋아해.'라며 권하게 된다. 그리고 상대가 '당신이 좋아하는 것이라면 나도 먹어 볼래요.'라며 먹어준다면 정말 기쁠 것이다.

우리는 좋아하는 사람이 자기와 기쁨을 함께 나누기를 바란다.

그 결과, 자기가 좋아하는 것, 자기의 즐거움이나 기쁨을 같이 느껴주면 좋겠다고 상대를 조르게 것이다.

"클래식 음악은 역시 좋아요. 당신과 함께 이 멋있는 것을 음미할 수 있어 더욱 좋아요."

라고 권한다거나,

"역시 H구단이야. 선수와 응원단의 일체감, 그게 제일이야. 다음엔 함께 야구 보러 가자구. 정말 감동적이라구."

이렇게 여러 방법으로 상대를 종용하는 것이다.

상대가 '정말 그래요.'하고 동조해주면 행복해지지만, 만약 '클래식 같은 건 졸리니까 싫어.', '야구장은 시끄러워서 싫어.'라는 말을 한다면……, 그냥 실망 정도가 아니라 불화감까지 느끼게 된다. 그리고, '그런 소리 말고, 꼭 한번 콘서트에 가기로 해요.'라고 더욱 졸라대며 자기가 좋아하는 것을 동조해 달라고 상대를 설득한다. 실은 그것이 '호저의 가시'인 것이다. 두 사람의 마음을 가깝게 하려고 하는 나머지, 상대를 떠밀어 상처받게 해버리는 것이다.

"이 청국장 맛 좀 보라구. 그만이야."

"나 그거 싫어해요. 냄새만 맡아도 속이 안 좋아요."

"이 청국장은 쇠고기를 넣어 끓인 거라 맛이 있어."

"그래도 냄새가 별나다구요. 안 먹을래요."

"그런 소리 말고 한번 먹어 보라구."

"자기 혼자서 먹으면 되잖아요. 난 싫어요."

"그렇지만, 그런 얼굴로 있으니까, 입맛이 없군. 그러니까 한 입 먹어 봐."

"정말이지 끈질긴 사람이군요. 싫다고 하잖아요. 그리고 당신 도 요전에 해삼을 안 먹었잖아요. 내가 참 좋아한다고 했더니, 그 런 기분 나쁘게 생긴 것을 잘도 먹는다고 했죠."

"그야, 해삼은 보기만 해도 닭살이 돋을 만큼 싫단 말이야."

"그거 보세요. 누구에게나 싫어하는 게 있는 거예요. 그러니까 서로 자기가 좋아하는 것을 먹으면 되는 거예요."

"그렇지만, 그건 어쩐지 냉정하게 생각되는 걸."

더 가깝게 하려고 자기를 떠밀면 상대에게 상처를 주게 되고, 상처를 주지 않으려고 떨어지면 남처럼 느껴져 쓸쓸해지는 것, 이것이 '호저의 딜레마'이다. '호저의 가시'는 일심동체가 되기를 바라는 상대에게 보다 날카롭고 보다 강하게 나온다는 사실을 기 억하자.

39. 사랑의 시련

　'어째서 결혼 같은 걸 했을까.'라거나 '결혼이란 조금도 좋은 것이 아니야.'라고 생각하기 시작하며, 결혼을 후회하기 시작했을 때 일어나는 것이 사랑의 시련이다.

　옛날 우리 나라의 결혼은 살아가기 위한, 또는 생활하기 위한 결혼이었다. 좋아하는 두 사람이 함께 살아가고 싶다고 해서 결혼하는 것은 매우 보기 드문 일이었다. 또, 이혼이란 말조차 금기시되었기 때문에 한번 결혼한 상대와는 어지간한 일이 없는 한 이혼하는 일은 없었던 것이다.

　그런데 지금은 결혼이란 좋아하는 두 사람이 함께 사는 것으로 바뀌었다. 또한, 이혼에 대한 사회적 통념도 많이 바뀌었다. 이제 두 사람의 관계를 묶어두는 것은 순수한 두 사람의 마음, 두 사람의 사랑뿐이다.

　두 사람의 결혼이 순수하게 사랑의 문제라는 것은 이상적인 것이다. 옛날의 결혼은 이혼은 적었지만 대부분 여성의 인내로 유지되어 왔었다는 것을 감안하면, 역시 사랑으로 맺어진 결혼이 이상적인 것이라고 생각한다.

그런데 순수하게 사랑으로 맺어진 결혼일수록 시련에는 약하다. '어째서 이런 사람하고 결혼을 했을까?'라고 후회하기 시작하면, 두 사람의 앞날에는 먹구름이 드리우기 시작하는 것이다. 그래서, 사랑의 시련이 시작되는 것이다.

컬처 쇼크나 페미니즘의 시련, 그리고 호저의 딜레마는 서로 다른 세계에서 살던 두 사람이 하나의 세계를 만들어갈 때 일어나는 갈등이다. 그러니까 그것을 그대로 방치하면 이혼으로 밖에는 해결이 나지 않는 것이다.

그러한 시련을 극복하는 것은 두 사람의 순수한 사랑뿐이다. 사랑이란 자기의 견해를 잠시 접고 먼저 상대의 세계를 있는 그대로 받아들이려는 마음이다. 두 사람의 마음을 묶어 하나의 세계를 완성하는 마음이 사랑인 것이다.

자기 견해를 참기란 어지간히도 어려운 것이다. 자신도 모르는 사이 자기 주장을 하고 있는 자신을 흔히 발견할 수 있었을 것이다.

결혼하면 이것도 하고 저것도 하고, 또 저것도……, 결혼에다 산더미 같은 꿈을 실어두고 있는 것이다. 그렇게 희망이 클수록 자기 주장도 강해지기 마련이다. 그런데, 자기에게 꿈이 있는 것처럼 상대에게도 꿈이 있다. 서로가 자기 속에서 부풀려 온 꿈이 있는 것이다. 그런 자기 마음을 한 페이지 덮고 상대의 꿈을 펼쳐 주는 것에는 커다란 인내가 필요한 일이다.

한창 연애 시절이라면 그 사람의 이것도 좋고 저것도 좋다. 모두를 있는 그대로 받아드릴 수 가 있다. 그러나 생활을 실제로 함께 하게 되면 모든 것이 다 다르게 보인다.

'저렇게 귀여운 얼굴을 해 가지고, 그렇게 요란하게 코를 골 줄은 몰랐어.'라거나 '식성이 까다롭기 때문에 요리하는 데 귀찮은 사람'이라며 푸념도 하게 된다. 마음에 들지 않는 구석이 속속 눈에 들어오는 것이다. 그것을 있는 그대로 받아들이려면 어지간히도 많은 참을성이 있어야 될 것이다.

인내를 한다는 것 역시 사랑의 시련인 것이다. 그것을 극복하기 위해서는 '이 사람하고 함께 있는 것이 가장 행복하다.'는 마음이 없으면 불가능한 것이다. 정말 좋아하는 사람이 아니면 참고 견디면서까지 함께 있고 싶다는 생각은 들기 힘들 것이다. 때문에 결혼은 '좋아 죽겠다'는 사람과 해야 한다. 그런 상대가 아니라면 사랑의 시련을 넘을 수 없을 것이다.

사랑의 시련을 극복하고, 지금까지는 따로 따로였던 두 사람의 세계가 합쳐진다면 세상에 다시없는 둘만의 새로운 세계가 만들어지는 것이다. 기쁨도 슬픔도 서로 나누는 가운데 함께 걸어온 날들이 행복했다고 말할 수 있게 되는 것이다.

40. 사랑이란 상대의 세계를 이해하는 것

구체적으로 부부의 사랑이란 어떤 것이며, 어떻게 성숙해 가는 것일까. 어느 부부의 악전고투를 참고로 생각해 보기로 하자.

남편의 술버릇이 나빠 어지간히도 속을 썩이다 못한 아내가 자기와 남편의 관계를 다시 지켜보는 것으로 관계를 회복해간 '이혼의 인간학'에 소개되고 있는 이야기다.

술버릇이 나쁜 남편은 쉬는 날이면 하루 종일 술을 마시고 아이에게까지 손찌검을 했다. 참다 못한 아내가 "그만 하는 게 어때요."라며 나무랐더니 남편은 식칼을 휘두르며 난동을 부리기 시작했다. 그것을 계기로 그녀는 카운슬링을 받기로 결심했다.

그녀는 시장에서 식료품 도매상을 하는 집안의 맏딸로, 여고를 졸업하고는 가게 일을 돕게 되었다. 한편 남편은 시골 농가의 차남으로 자라 고교에 진학은 했었지만, 공부하는 게 싫어 중퇴하고 그녀 아버지의 가게에서 일을 배우고 있었다.

그녀가 가게 일을 돕기 시작하고, 그와 함께 일을 하게 되면서 두 사람 사이는 자연스럽게 가까워져 갔다. 함께 바다와 산에 가거나, 좀처럼 서울 생활에 길들지 못하는 그를 불러내 여기저기 쇼핑도 다녔다. 그렇게 사이가 깊어지고, 결혼 이야기가 나와 자연스런 차례인양 부부가 되었다.

남편은 결혼하고 한동안은 친정집 가까운 데서 살며 아버지의 가게 일을 거들었다. 그렇게 몇 년이 지났을 때, 소매점인데 퍽 싸게 나온 가게가 있다는 거래처 사람의 주선을 기회 삼아 큰 맘 먹고 독립을 하였다. 두 사람은 적금을 다 털어 집 값을 지불하고, 모자라는 것은 빚을 내 장사를 시작하였다.

그런데 자리가 안 좋았던지, 영 매상이 오르지 않았다. 몇 년이 지나도 마찬가지였다. 할 수 없이 남편은 낮에는 밖에 나가 일을 하기로 했다. 다행이 가까운 백화점에 개점한 국수집에서 사람을 구하는 중이었다. 남편은 저녁때까지 거기서 일하고, 저녁에는 아내와 교대해서 가게를 보기로 했다.

그런데도 생활을 좀처럼 여유가 생기질 않았다. 아이의 장래를 생각해 얼마간 적금도 생각해야 했지만 그럴 여유가 없었다. 그래서 그녀는 새벽 우유 배달을 하기로 했다. 있는 힘을 다하면 어떻게 될 거라는 그녀의 강한 의지가 험한 하루하루를 지탱하는 힘이 되었다.

그런데, 그녀가 열심히 일하는 것에도 아랑곳 않고 남편은 무너지고 말았다.

국수집에서 일한 지 2년이 지난 남편은 그 가게의 책임자가 되어 있었다. 파트타임으로 일하는 아줌마들을 몇 사람 고용해 자기 책임을 훌륭하게 해내고 있었다. 또 남을 잘 이해해 주어 함께 일하는 사람들로부터 신뢰도 받고 있었다.

그런데, 밖에서는 그렇게 좋은 남편이 집에만 들어오면 완전히 딴 사람으로 변했다. 쉬는 날에는 집에서 하루종일 술을 마시며 주정을 부리기 일쑤였다.

"술버릇이 나빠요. 쉬는 날, 식사는 한끼밖에 들지 않습니다. 남은 시간은 눈만 뜨면 마시고 또 마시고, 배가 고파서 정신이 나갈 듯 해도 밥을 먹으려고 안 해요. 술기운에 잠이 들었다가도 잠이 깨면 또 마셔요. 술이 들어가면 무작정 상대를 깎아내리고 혼자서 왕처럼 굴어요. 트집을 잡고 악을 쓰는 건 예사예요. 남은 바쁘게 일하고 있는데……, 그런 남편을 보고 있으면 화가 치밀어요."

당연히 아내는 화가 날 수밖에 없다.

저녁때는 가게 일을 교대해야 하는데, 국수집 일이 끝나도 좀처럼 집에 돌아오지 않는 것이다. 저녁밥 지어 아이들 먹이고, 숙제도 보아주고, 다음날 학교 준비도 시켜야 하는데, 남편이 돌아오지 않으니 더욱 화가 치밀었다. 저녁때 한참 손님이 밀리는 시간이라 가게도 비울 수도 없고, 날마다 정신이 빠질 지경이었다.

"내가 이렇게 허리가 끊어져라 일을 하는데 어째서……, 남자란 정말 믿을 것이 못 된다니까."

그녀의 불만은 차츰 늘어갔다. 이제는 얼굴만 보면 싸움이 벌어졌고, 그때마다 남편은 말을 못하고 입을 다물고 마는 것이었다. 그런 남편을 보면 그녀는 더욱 화가 치미는 것이었다.

"잔소리 듣기 싫으면 생각 좀 하면서 살라구요. 도대체 가장이 뭐예요. 남이 하라는 것도 제대로 못하니, 지지리도 못났어, 정말."

카운슬링 면접도 첫 번째와 두 번째는 평소 불만을 털어놓는 것으로 끝났다. 그리고 세 번째가 되니까 남편과 자신의 자라난 과정의 차이에 주의가 돌려지고, 남편을 냉정하게 볼 수 있게 되었다.

그녀는 서울에서 태어나 경쾌한 생활 리듬 속에서 자랐고, 성격도 쾌활하고 적극적이었으며, 눈치도 빨랐다. 그녀는 자기 생각대로 거리낌없이 살아왔던 것이다. 한편 남편은 시골에서 태어나 자연 속에서 느긋하게 자라왔다. 어렵게 입학한 학교도 공부하기 싫다고 중퇴해 버릴 만큼 주위의 일에는 상관도 않고 낙천적으로 살아왔던 것이다.

적극적이고 남에게 지기 싫어하는 아내와 눈치 없고 성취욕도 없지만 잔잔하고 온순한 성격의 남편. 두 사람의 성장 과정이 전혀 다르다는 사실을 깨달은 그녀는 남편이 서울에서 장사를 시작하는 것이 얼마나 어려운 일이었나를 이해하게 되었다.

네 번째 상담 직전, 그녀에게는 전기(轉機)가 마련되었다. 그녀의 남성관을 크게 바꾸는 사건이 두 가지나 잇달아 일어난 것이다. 하나는 어머니로부터 들은 이야기였다. 그녀가 어릴 때, 홍역으로 다급하게 병원으로 실려갔을 때 아버지는 세수대야만 끌어안고 허둥지둥했었다는 것이다. 더구나 의사로부터 곧 입원하라는 말을 듣고, 어머니가 당황해 아버지를 찾아보니 어느새 도망쳐 버리고 없더라는 것이다.

그녀는 그 이야기를 듣고 깜짝 놀랐다. 항상 위엄을 갖고 사업을 지휘하고 있는 아버지였는데, 그런 무기력한 면이 있었다니 상상이 가지 않았다.

또 한 가지 사건은 그녀가 나가고 있는 영업소장에게서 였다. 배달하는 주부들에게 조심스럽지 못한 발언을 하고, 그것을 주어 담느라 허둥대는 모습을 본 것이다.

"저요, 이제야 남자라는 것을 겨우 이해할 수 있게 되었습니다. 대학을 나와 책임 있는 지위에 있는 사람이 이 모양이니, 말해 뭘 해요. 교양이라고는 밑바닥인 우리 남편이야 어쩔 수 없다고 생각했어요. 저는 이 나이가 되도록 남자가 그런 것이라고는 생각도 못했어요. 타락이다 뭐다 할 것도 못돼요. 이번 기회에 저는 남성관이라는 것을 크게 바꿨어요."

그 후 그녀는 지금까지 남편에게 갖고 있던 '남자라면 이것쯤

해도 당연하다.'는 생각이 상당히 느긋하게 변하게 되었어요.

다섯 번째 상담에서는 부부간의 문제를 상당히 정확하게 의식하고 있었다.

"저는 크게 잘못 생각하고 있었어요. 남편이 느리다는 건 처음부터 알고 있었습니다. 그런 남편을 내 페이스에 맞추려고 했던 거지요. 물론 남편을 생각해 약간 여유를 주지 않았던 건 아니예요. 그런데, 내가 이 정도가 남편의 페이스라고 생각했던 것이, 실은 남편에게 있어서는 전속력이었던 것입니다. 그러니까 남편이 숨을 돌리려고 자신의 보통의 페이스가 되면, 내 눈에는 게으름을 피우고 있다고 밖에 안 보이고, 결국 우리 사이에는 커다란 거리가 생기고 만 거예요. 거기다가 제가 있는 힘을 다해 전속력으로 일을 하거나 하면, 남편은 '도저히 따라가지 못하겠다. 무엇을 어떻게 해야할지 도무지 모르겠다'가 되는 모양이예요."

"요전에, 좀 더 따뜻한 마음을 가져주면 좋겠다고 남편에게 말했더니, '따뜻한 마음 갖기가 힘들었지.'라고 말하는 거예요. 저는 지금까지 '잔소리를 할 시간이 있으면 일이나 좀 해요.'라고 곧잘 말해왔어요. 그야 그쯤은 남자로서 당연하다고 생각했으니까요. 그런데 그게 아니었어요. 남편에게 그것은 너무 벅찼던 것이지요."

"이를테면, 상품을 선반에 진열할 때도 남편은 통조림이 거꾸로 되어있거나 라벨이 뒤로 돌려져 있어도 신경을 안 써요. 지금까지는 제가 다시 고쳐 놓았는데 그렇게 하면 그것을 알고는 남편은 화를 내는 겁니다. 그런 일이 되풀이되니, 남편은 제가 어지간히 건방지고 심술 사나운 여자로 보였을 거예요. 제가 그 사람을 미련하고 느림보라고 생각했던 것처럼 말이에요. 그건 그렇고 선생님, 남편은 마늘장아찌 병 밑바닥이 보이게 진열대에 주욱 늘어놓는 겁니다. 이해하실 수 있으시겠어요? 그렇지만, 어쩔 수 없으니까요, 어쩔 수 없다고 생각합니다. 남편은 내가 무슨 말을 하면 화를 내니, 저도 지쳐 나중에 남편이 잘 할지도 모른다고 생각하고 그대로 놔두는 겁니다. 손님이 거꾸로라고 지적을 하면, '어, 정말 그러네.'하고는 그걸로 끝이에요."

그녀는 남편과의 간격을 깨달은 것이다. 자기 생각 속의 남편이 아닌 진짜 남편의 모습을 본 것이다. 그리고 그 남편을 받아들이려고 노력하기 시작한 것이다.

사람은 저마다 자기 세계를 살고 있다. 그렇게 자기만의 세계를 살고 있던 두 사람이 한 세계에 속하는 것이 결혼이다. 물론 결혼의 전제 조건은 사랑이다. 서로를 이해하고, 서로를 존중하면서 두 사람의 세계를 만들어 가려는 사랑이다.

41. 사랑이란 상대의 세계에 공감하는 것

남편의 있는 그대로를 받아들인다는 것의 의미는, 지금까지 자기가 이렇게 하는 것이 좋다, 그렇게 해야 한다고 생각하던 것들을 모두 버린다는 뜻이다. 그녀는,

"아무튼 저는 오로지 참을 인(忍)자 하나뿐입니다."

빈틈없는 성격의 그녀가 가게 선반에 너절하게 진열된 물건을 보고도 아무 말도 않고 꾹 참고, 손님의 지적에도 남편처럼 '어머, 정말이네.'라며 웃고 넘길 수 있게 됐다니 대단한 일이 아닐 수 없다. 얼마나 자기 마음에 차도록 바로잡고 싶었을까.

그러나 그렇게 한다면 있는 그대로의 남편을 이해하기 어려워지는 것이다. 그런 야무지지 못한 남편을 아무리 머리로 이해하고 납득했다 하더라도 그것은 사랑이 아니다. 물건을 거꾸로 늘어놓고도 그건 그것으로 일단 됐다고 하는 남편의 마음을 실제로 느껴보는, 남편을 있는 그대로 이해하고 사랑한 것이 되지는

않는 것이다.

두 딸이 모두 비행 소녀가 되어버리고, 가까스로 마음의 안정을 되찾은 어떤 엄마가,

"사랑한다는 것은 할 수 없다고 단념하거나, 참고 견디면서 받아들인다는 것이 아닙니다. 그보다는 아이가 안고 있는 괴로움이나 슬픔을 정말로 이해하고, '분명히 네가 그렇게 하고 싶다는 마음을 잘 안다.'라고 공감해 주는 것이예요."

라고 말하는 것이었다.

그녀가 정말로 남편을 사랑하기 위해서는 자기가 지금까지 소중히 해왔던 기준을 버리고 가지 않으면 안 되는 것이다. 그래야 비로소 남편의 세계를 공감할 수 있고, 이해하게 되는 것이다.

그녀가 남편을 이해하려고 노력하기 시작하면서 남편도 변하기 시작했다. 그녀의 사랑이, 사랑하려고 노력하는 마음이 남편의 마음을 넉넉하게 만든 것이다. 그로 인해 남편에게 적극적인 활력이 되돌아온 것이다. 두 사람의 관계가 차츰 개선되고 있는 것이 확실해졌을 때 가족여행을 하게 되었다. 그녀는,

"지금은 침묵하고 있어요. 저는 짐과 아이들을 데리고 기다리면 되지요. 그냥 모두를 남편에게 맡기고 따라가려고 생각하고 있습니다. 여름 휴가 여행은 처음입니다. 선생님한테 와서 이야기를 하니 가라앉을 데까지 가라앉은 것 같은 느낌입니다. 겨우

벌거벗은 모습이 보인 거지요. 지금까지는 종이 상자 속에 있었던 것처럼, 참된 모습이 보이지 않았습니다."

라고 말하는 것이었다.

그냥 침묵을 지키며 모두를 남편에게 맡기고 남편의 세계를 실감하려는 것이다. 그녀가 자기 생각을 끄집어내 손을 써버린다면 다시 남편의 세계를 바꿔버리는 것이 되고 마는 것이다. 그렇기 때문에 그저 잠자코, 멍청하니 따라가는 것이다. 그것으로 남편의 세계를 공유할 수 있게 되는 것이다.

자기 생각을 모두 버리고 상대에게 모든 것을 맡길 수 있는 마음이 생겼을 때, 서로의 벌거벗은 모습을 보게 되는 것이다.

42. 사랑이란 함께 살아가는 것

　서로의 참모습을 이해하게 되고, '이 사람은 이런 세계에 살고, 이런 것을 느끼고 있었던 것이다.'하고 공감할 수 있게 되면, 지금까지 자기의 세계에서 상대를 보고, '무슨 이런 사람이.'하고 화를 냈었다는 것을 깨닫게 된다.

　상대에게는 상대의 세계가 있고, 그 속에서 최선을 다해 살고 있었다는 것을 알게 되면 변화가 시작된다.

　"좀 더 똑바로 해주면 좋겠어."하는 비난이 "그런 세계를 살고 있는 사람인 거야."로 바뀌며 있는 그대로를 받아들이게 된다. 그것이 사랑인 것이다.

　사랑은 사람을 있는 그대로 받아드리는 마음이다. 어떤 사람과도 함께 손을 잡고 살아갈 수 있는 마음인 것이다. 서로의 결점이나 단점을 탓하는 것이 아니고, 서로가 발을 뻗고 살아갈 수 있는 세계를 찾아가는 것이 부부의 사랑, 가족의 사랑인 것이다.

세상에 한 발만 나서도 남들은 인정사정 없이 자기 결점이나 단점을 탓하려고 한다. 또 몇 번이고 실수를 해서 질책 듣는 일도 있을 것이다. 그런데, 가족의 품에 돌아오면, 그렇게 실수투성이인 사람도 발뻗고 살 수 있는 자리가 마련되는 것이다. 그런 가족이 있어 '힘을 내야지'하는 마음도 생기는 것이다.

자기 마음에 들지 않는 받아들이겠다는 사랑이 없다면 적막한 세계만 존재하게 되는 것이다.

자기에게도 좋은 점과 나쁜 점이 있듯이 상대 역시도 마찬가지다. 자기 모든 것을 사랑해 주기를 바란다면, 당신도 상대의 모두를 사랑하는 마음을 키워가지 않으면 안 된다. 서로를 받아들이는 사랑만이 두 사람의 결혼을 행복하게 해주는 것이다.

Q 매일 같이 계속되는 철야근무로 애인을 만들 새가 없습니다. 직장 안에 마땅한 나이의 여성도 없기 때문에 여성과 이야기 나눌 기회조차 없습니다. 지금 같아선 저는 도저히 결혼 같은 것은 발랄 수도 없는 처지입니다. 차라리 직장을 바꿔 결혼 상대를 찾을까도 생각하고 있습니다만, 그렇게 결심하기도 어렵습니다.

A 일이 바빠 결혼 상대를 찾을 새도 없다는 것은 정말이지 큰일이다. 일마저 바꿀 생각까지 했다면 분명 심각한 상태로 짐작된다.

일을 그냥 계속할 것인가, 결혼을 위해 일을 바꿀 것인가. 선택은 둘 중 하나지만 좀처럼 결론을 내리기는 어렵다. 그런 때는 자기에게 걸맞는 생활방식이 뭔가를 기준으로 결정을 내릴 수밖에 달리 방법이 없다.

가령, 결혼을 하고 가정을 갖는 게 사는 보람이라 생각하는 사람도 있고, 결혼보다도 일을 사는 보람으로 생각하는 사람도 있다. 어느 쪽이 좋다 나쁘다 할 수는 없다. 그 사람의 성격에 따라 중요한 것은 달라진다. 자기 성격과 생활 방식이 일치한다면 그것이 최상의 행복이 될 것이다.

그러면, 자기에게는 어떤 생활방식이 맞는지 어떻게 가려낼 수 있을까. 자기가 좋아하는 일, 하고 싶은 일이 확실하다면 간단하다. 하지만 확실한 꿈이나 희망이 없을 때는, 어떤 인생이 자기에게 가장 잘 어울리는지 분명하게 알 수가 없다. 이럴 때는 자기 마음에 안 드는 일, 하고 싶지 않은 일들을 체크해 보면 도움이 된다.

자기 성격에 정말로 맞지 않는 것은 아무리 노력해도 성공하기 쉽지 않은 법이다. 정직한 사람이 사기와 다름없는 피라미드 세일즈를 잘 해낼 까닭이 없다. 또, 활동적인 사람이 하루 종일 책상에 앉아 장부 정리를 훌륭하게 해내긴 어렵다.

일도 성격에 맞아야 잘 할 수 있는 것이다. 그런 의미에서 지금의 자기를 되돌아보고, 정말로 싫어 죽겠다는 것이 아니라면, 그것은 그것대로 자기 성격에 맞는 생활 방식이라고 말할 수 있을지 모른다.

결혼도 같은 각도에서 말할 수 있다. 누구라도 막연하게 '결혼할 수 있다면 하고 싶다.'고 생각한다. 그러나, 그런 생각을 중심으로 에너지가 나오지 않는다면 결혼하지 않고 있는 지금이 그다지 싫지 않은 것이다. 즉, 지금이 자기 성격에 맞는 생활방식일는지도 모른다.

인생은 모두가 필연이다. 자기에게 정말로 필요한 것은 꼭 얻을 수 있는 것이다. 그렇기 때문에 자기 마음의 흐름에 따라 살아가는 것이 자기에게는 가장 행복한 삶이 되는 것이다. 그런 의미에서 어찌 됐든 결혼을 하고 싶다는 마음이 적극적으로 움직이게 되었을 때가 당신이 결혼할 시기인 것이다. 그 때가 되면 반드시 결혼 상대도 찾을 수 있을 것이다.

결혼은 하고 싶지만 좀처럼 좋은 상대가 없고, 적극적으로 찾아 나설 시간도 없다. 이것은 어쩌면 그런 대로 당신이 당신의 마음을 납득하고 있어서 적극적이지 않은 것인지도 모른다. 한번 자기 마음을 차분히 되돌아보고, 그리고 자신의 정직한 마음을 따라 자신이 납득할 수 있는 인생을 보내도록 하면 된다. 자기를 신뢰하고 자기를 소중히 하며 살아가는 것이 충실한 인생을 살아가는 훌륭한 지침인 것이다.

Q 저는 상대의 조건이 자꾸 마음에 걸립니다. 그 때문에 교제를 시작해도 고작 해야 두 달을 넘기기 어렵습니다. 주위 친구들은 '저런 사람이 괜찮을까,' 싶은 사람과도 행복한 결혼을 하는데, 저는 그렇게는 못할 것 같습니다. 그렇지만 이대로 있다가는 결혼을 못 할지 모른다는 조바심이 나기도 합니다.

A 조금 어깨의 힘을 빼도록 한다. 막상 결혼 상대를 찾다 보면 아무래도 상대의 결점이나 단점이 눈에 먼저 띄는 것이다. 그런데 결혼 상대로 의식하지 않으면 같은 사람이라도 결점이 별로 마음 써지지는 않게 된다. 남을 보는 눈이란 이해가 얽히는 순간 냉정을 잃고 마는 것이다. 그 결과 상대의 결점만 눈에 띄고 상대의 장점은 미처 살필 생각도 못하게 된다.

그렇게 삐딱한 눈으로 보면 누군가를 좋아하는 일은 단념해야 한다. 그러니까 결혼 상대를 찾는다는 절박한 마음을 버리고, 냉정하게 사람을 보는 눈을 되찾을 필요가 있다.

사람에게는 결점도 있고 장점도 있다. 상대의 장점을 공정하게 평가하는 따뜻한 마음을 되찾도록 해야만 한다. 그리고 상대는 나쁜 사람이 아니라는, 상대를 호의적으로 받아들이는 마음을 크게 부풀리는 것이다. 그런 마음으로 상대를 지켜보다가 '이 사람은 좋은 사람이야'라는 생각이 든다면 좀더 가까워지려고 노력해 보는 것이다.

그러나 그렇게 해서 좋은 사람을 찾아냈다고 해서 간단히 타협하고, 조급하게 결혼을 하면 안 된다. 타협해서 하는 결혼은 언제라도 할 수 있다. 잘못된 결혼을 하지 않기 위해 반드시 체크할 것 두 가지가 있다.

첫 번째는 당신이 정말로 결혼하고 싶은가 아닌가를 깊이 생각해 보는 것이다.

호사스런 결혼식이나 축복을 받으며 주역이 되는 결혼식을 누구나 동경한다. 그러나 실제로 결혼해서 생활을 해보면 상상했던 것과는 크게 다르다는 것을 느끼게 된다. 지금까지 자기 생각대로 살아온 생활방식을 스스로 제한하며 상대에게 맞추어 가야 할 일이 많아지는 것이다. 그런 부자유스러움을 견딜 각오가 있는가를 생각해 볼 필요가 있다.

상대의 결점만 신경 쓰이게 된다는 것은, 어쩌면 당신의 마음이 '결혼하지 않는 것'이 좋겠다는 신호를 보내오고 있기 때문인지 모른다. 그러니까 다시 한번 정말로 결혼하고 싶은지 아닌지를 확인해볼 필요가 있다.

그리고 나서 '역시 결혼해야지.'하는 마음이 든다면, 이번에는 상대의 결점이나 단점을 그대로 받아들일 수 있는 사랑의 마음이 당신에게 있는지를 체크한다.

두 번째는 당신이 상대의 결점을 받아들일 수 있는지 깊이 생각해 보는 것이다.

결점이나 단점이 없는 사람은 한 사람도 없다. 아무래도 상대의 결점을 받아들이지 못한다면 결혼은 하지 못하게 된다. 역시 자기 결점을 상대방이 받아들여 주지 않으면 결혼할 수 없는 것이다.

상대의 결점을 한껏 비판하면서 자기 결점만을 받아들이라고 할 수는 없는 것이다. 만약 그런 생각을 하고 있다면 그것은 대단히 오만한 생각이다. 때문에, 정말로 결혼하고 싶다면 상대의 결점을 받아들이는 사랑의 마음을 키우지 않으면 안 되는 것이다.

두 사람 사이에 사랑을 키우고, 서로가 상대의 전부를 받아드릴 수 있게 되면, 둘이서 함께 있는 것 자체가 기쁨이 된다. 그런 행복한 결혼을 원한다면 자기 마음을 잘 돌아보고 천천히 사랑의 마음을 키워 가야 할 것이다.

6부
사랑을 키우는 커뮤니케이션

43. 상대의 세계를 이해한다

결혼을 행복한 것으로 만드는 것은 당연히 두 사람의 사랑인 것이다. 서로가 자기 주장만 늘어놓는다면 함께 있는 일이 고통이 된다. 그렇다고 참고만 있다고 행복해지는 것은 아니다.

행복한 결혼을 위해 무얼 어떻게 하면 좋을까?

사람을 사랑한다는 것은, 상대의 있는 그대로를 마음으로 받아들인다는 것이다. 그렇다면 있는 그대로 받아들인다는 것은 구체적으로 어떤 것일까?

사귐이 깊어지면 상대의 여러 가지 것이 마음에 걸린다. 이를테면 상대의 부모와 자식과의 관계나 형제간의 사이까지도 이상하게 보일 수도 있다. 그런 때, 자기도 모르게 따져 묻는 것 같은 대화를 시작하게 된다. 예를 들면,

"왜 그래요. 어째서 아버님에게 그렇게 무뚝뚝하게 구는 거지

요.”

“그렇지 않아. 그것이 보통이야.”

“보통이 아니더라구요. 어머님 때와는 전혀 다르잖아요. 어머님과는 그렇게 즐겁게 이야기를 나누다가도 아버님 앞에만 나서면 갑자기 말을 잃고, ‘예, 예.’ 밖에 말을 못하던 걸요. 난 깜짝 놀랐다구요.”

“그렇게 보였어. 그렇지만 옛날부터 그랬으니까⋯⋯.”

“옛날부터 아버님 앞에서는 ‘예, 예’라고 밖에 말을 못했어요?”

“응, 그래. 별로 할 말도 없었고.”

“그렇지만, 어머님하고는 그렇게 즐겁게 이야기를 했잖아요. 그렇게 하면 아버님이 섭섭해 하시잖아요.”

“아무리 그래도 할 이야기가 없으니까 어쩔 수 없잖아.”

“그렇지만, 아버지와 아들이니까 좀 더 마음을 터야 해요. 역시 이상하잖아요. 그보다는 무슨 일이 있었던 게 아닌가요. 예전에.”

“별로. 아무 것도 없었어. 아버지와 아들 사이란 그런 거라구.”

“그럴까요. 그러나 어머님과는 너무 사이가 좋아 보이던데.”

“그렇지 않아. 보통이야.”

“그럴까, 내가 보기에는 꼭 마마보이 같더라구요.”

“왜 그래 자꾸. 그렇지 않다고 몇 번을 말해야 알아듣겠어.”

이렇게 상대에 대한 배려보다는 자기가 마음에 걸리는 것을 끄집어내 버리는 것이다. 그래서 싸움은 시작되는 것이다.

상대도 명확하게 설명할 수 있을 만큼 문제를 제대로 알고 있는 것은 아니다. 오히려 그것이 당연하다고 생각하고 있는 수가 많은 것이다. 그런데다 느닷없이 '부자간의 사이가 보통이 아니야.'라는 말을 들으면 깜짝 놀라게 되고, 도저히 냉정해질 수가 없는 것이다.

그런데 그런 때야말로, 상대를 있는 그대로 받아들이려고 하는 사랑의 자세가 요구되는 것이다. 상대를 받아들이려고 노력한다면 어떤 대화가 되었을까.

"좀 마음에 걸려서 하는 말인데, 아버님 앞에서는 언제나 그렇게 긴장을 해요?"

"아니, 그런 일 없어. 그게 보통이야."

"그래요. 어머님과는 퍽 즐겁게 이야기하고 있어서 아버님과도 마찬가지로 사이가 좋을 거라고 생각하고 있었는데, 뭔가 좀 다르다는 생각이 들어서요."

"그래. 그리고 보니 그렇게 보일 수도 있었다는 생각이 드는군."

"어머님 때와 같이 편한 마음으로 대한다는 느낌이 아니었어요."

"나도 잘 모르지만, 아버지는 좀 어려워."

"그렇군요."

"어렵다고 할지, 좀 무섭다고 할지."

"옛날부터 엄하신 아버님이었나요?"

"응. 어릴 때는 곧잘 두들겨 맞았어. 내 성격이 까다로운데다, 몸도 약하고 사내답지 못해서, 좋지 않았을지도 몰라."

"어머나 그런 일이 있었군요."

"그 대신 어머니는 언제나 함께 있어주고, 참 잘해 주었던 거야."

"그래서 어머님과는 그렇게 사이가 좋은 거로군요."

"별다르게 사이가 좋다고 할거까지는 없지만, 그래도 함께 있으면 안심이 되는 느낌이야."

"그렇군요. 다정한 어머님이셨군요. 어쩐지 부러운데요."

"부럽다니, 자기 어머니는 다정하지 않단 말이야."

"그런 건 아니지만, 저는 엄마 앞에서는 긴장해 버리고 말아요."

"그래. 그럼 내가 아버지 앞에 나설 때와 같은 느낌일까."

"그럴지도 몰라요. 그래서 나와 같다고 느꼈는지 몰라요."

"그랬었군."

이번 대화는 자기가 마음에 걸리는 것을 솔직하게 상대에게 전하는 데서 시작되고 있다. 상대를 탓하는 분위기가 없으니까 상대도 순순히 속마음을 털어놓는다. 그런 분위기라면 '아버지는 좀 어려워'라며 원만하지 않은 부자간의 관계를 인정할 수 있게 되는 것이다.

그러나 중요한 것은 여기서부터다. 문제가 있을 것 같은 부자 관계를 좋지 않다고 탓하지 않고, 다만 묻는다는 자세가 중요한 것이다. 상대의 마음에 기대듯 들어가면 어머니에 대한 마음과 아버지에 대한 마음이 퍽 다르다는 것을 알 수 있게 되는 것이다. 그리고 그 원인도 대충 나타나게 되는 것이다. 그러나 그 즉시, "그것은 이상해요. 그러면 안 돼요."라고 평가해서는 안 된다. "그랬군요."하며 받아들이는 것이 중요한 것이다.

이렇게 절대로 상대를 평가하거나 탓하지 않으며 귀기울인다면 우리는 상당히 심각한 이야기라도 안심하고 할 수 있게 되는 것이다. 그렇지 못하면 상대는 자기 마음속을 보이지는 않으려고 입을 다물거나 화를 내버리게 되는 것이다.

다음과 같은 대화를 보도록 하자.

"당신은 어린애를 좋아해?"

"그럼, 너무나 좋아하지."

"그래요. 난 어린애를 별로 좋아하지 않아요. 이상하죠?"

"그야, 남의 아이는 귀엽지 않을지 모르지만, 형네 아이는 나를 잘 따라 얼마나 귀엽다구."

"그래요. 자기 아이라면 귀여울지도 모르겠군요."

"그렇지. 자기 아이를 귀엽다고 생각하지 않는 사람은 없을 테니까."

"그렇지만, 요즘 자기 아이를 괴롭히는 유아학대가 늘고 있다고 하잖아요. 그렇다면, 자기 아이를 귀엽게 생각하지 않는 사람도 있을 수 있다는 말 아닐까요?"

"그런 건 인간 쓰레기라구. 틀림없이 피도 눈물도 없는 부모에게 키워졌거나, 지독한 냉혈한이라구."

"그렇겠죠. 역시 자기 아이를 그 지경으로 만들 수 있다면 보통이 아니라구요. 무언가 사람으로서 모자라는 데가 있는지도 몰라요."

"그럼, 그런 인간은 아이를 낳을 자격이 없는 거야."

자기 자식을 학대하는 부모를 '인간 쓰레기'라고 강하게 부정하는 상대 앞이라면 역시 자기 본심을 들어내 보일 수 없게 되는 것이다.

그러니까 상대가 살고 있는 세계를 이해하려고 한다면, 이런 기회가 있을 때마다 있는 그대로를 받아들이는 자세를 가져야 한다.

대화 방법을 바꾸어 이렇게 말하면 어떻게 될까?

"당신은 어린애를 좋아해?"

"그럼, 너무나 좋아하지."

"그래요. 난 어린애를 별로 좋아하지 않아요. 이상하죠?"

"어린애의 어떤 점이 싫은 거지?"

"글쎄요. 이를테면 남의 사정은 생각도 않고, 제 멋대로 군다거나."

"그러고 보니 그래. 사람만 보면 놀자면서 귀찮게 조른단 말이야."

"그리고 조용히 책을 읽고 싶은 때도 함부로 방해를 하러 오기도 하고, 정말이지 신경질이 난다구요."

"그러나, 남의 아이는 귀찮지만, 자기 아이라면 분명 귀찮지는 않을 거야. 언제나 함께 있는 것이 즐겁게 생각되지 않을까."

"그럴까요, 나도 어린애를 좋아하게 될까."

"그랬군. 그런 걱정을 하고 있었어. 결혼하고 아이를 낳는 것이 좀 불안한 거지."

"그래요 몹시 걱정이예요. 아이를 제대로 키울 수 있을지 어떨지, 정말 걱정이예요."

"사실대로 말하면, 나도 그다지 자신 있는 건 아니야. 그러나 모두가 하고 있는 일이고, 어떻든 잘 될 거라는 희망을 갖는 거야."

"그렇죠. 누구라도 불안할 테지요. 그렇지만 당신 말처럼 잘 되겠죠."

"그렇고 말구. 잘 될 거야."

아이를 낳는 불안, 또 제대로 키울 수 있을지 어떨지 하는 불안이 의논되어지는 자리가 마련되는 것이다. 상대는 그 불안을 들어준 것만으로도 마음을 가라앉힐 수 있는 것이다. 자기 불안을 털어놓지 못하고 아이를 낳아버리면, 모든 고민을 자기 혼자 해결하지 않을 수 없다. 그것은 역시 괴로운 일이다. 그러나 자기의 불안을 털어놓고 이해 받고 있으면, 막상 다급해졌을 때 도와

달라는 부탁도 쉽게 할 수 있을 것이다.

아무렇지 않게 생활하고 있는 사람이라도 여러 가지 문제를 끌어안고 있는 것이다. 그러한 사정을 있는 그대로 이해하려고 하면 상대는 무엇이든 이야기할 수 있고, 안심할 수 있는 것이다. 그러한 신뢰감이 깊어져 행복한 삶을 이루는 것이다.

그런데, 상대가 끌어안고 있는 문제가 위의 예보다 더욱 심각하다면 어떻게 될까.

"사실대로 말하면, 나도 그다지 자신 있는 건 아니야. 그러나 모두가 하고 있는 일이고, 어떻든 잘 될 거라는 희망을 갖는 거야."

"그렇지만, 나는 정말로 어린애가 싫어요. 갓난이가 먹다가 어질러 놓거나, 침을 흘리고 있는 것을 보면, 나도 모르게 '에이 더러워.'하는 소리를 치고 싶어져요."

"그 정도야. 그렇게 싫은 거야."

"그리고, 어린애 우는소리를 들으면, '시끄러워, 입 좀 다물어!' 하고 호통을 쳐주고 싶어져요."

"왜?"

"왠지 알 수 없지만, 전철 안에서 울고 있는 어린애를 보면 나도 모르게 '시끄러워!'하면서 때려주고 싶어진다구요. 당신은 그런 적 없어요?"

"난 그렇지 않은 걸."

"역시 난 보통이 아닌가 봐요."

"그럴지도 모르겠는걸."

이 정도로 문제가 심각하다면 아이를 낳는 것은 신중하게 생각하지 않을 수 없을 것이다. 혹시 그런 문제가 마음속에 있는데도 아이가 태어난다면 큰일이 날지도 모른다.

그렇기 때문에 상대의 세계를 있는 그대로 받아들이는 자세가 중요해지는 것이다. 전혀 상관없는 남이라면 어떤 세계를 살고 있든 상관이 없지만, 함께 살아가야 할 부부의 경우에는 '나는 나, 당신은 당신'이라고 할 수는 없는 것이다.

상대의 세계를 이해하고 싶다면 상대를 평가하는 마음을 가져서는 안 된다. 상대를 어디까지나 존중하는 사랑의 마음이 가장 중요한 것이다.

44. 인간의 마음은 속이 깊다

그렇지만 그렇게 간단하게 상대의 모두가 이해되기는 어렵다. 차곡차곡 계단을 오르듯 문제를 해결해야 하는 것이다. 그러다 보면 '어쩔 수 없다'는 문제도 나올 것이다.

다음과 같은 대화를 보기로 하자.

"어쩐지 요즘, 마음이 춥단 말이야."

"쉐터라도 입는 게 어때요."

"그게 아니고, 마음이 춥다니까."

"마음이 춥다니, 그럼 어떻게 해야 하는 거예요."

"어쩐지 마음이 허전한 거야. 아무 것도 손에 닿지 않는 느낌이야."

"어쩌죠. 하루 이틀 한가하게 지내보면 좋아지지 않을까요."

"그게 퍽 오래 계속되고 있단 말이야. 최근 한 달쯤……."

"그렇다면 이러고 있지만 말고 병원에 가보라구요."

"그렇지만, 어쩐지 병원은 무서워."

"나는 그렇게 중얼거리는 건 싫다구요. 바보 같은 소리 말고 빨리 병원에나 다녀와요."

"알았어. 그렇게 할게."

이런 일이 벌어지면 도대체 어떻게 하면 좋을까.

우리는, '어쩐지 요즘, 마음이 춥단 말이야.'라는 말을 들으면 '그런 소리 해 봐야 어쩔 수 없잖아.'하고 생각해 버린다. 그리고, '자기가 알아서 해 봐요.'라고 되돌려보내는 것이다.

그러나, 그래서는 도저히 상대의 마음을 이해할 수 없는 것이다. 그런 때라도 역시 사랑의 마음으로 들으면 달리 들리게 된다.

"어쩐지 요즘 아음이 춥단 말이야."

"마음이 춥다뇨?"

"어쩐지 마음이 허전한 거야. 아무 것도 손에 닿지 않는 느낌이야."

"그래요, 아무 것도 손에 닿지 않는 느낌이란 말인가요."

"일을 해도 집중이 안 되고 멍청해진단 말이야."

"그래요."

"무엇을 해도 허전하다는 생각뿐이고……."

"허전하단 말이지요."

"그래. 어떻게든 힘을 내야겠다고 맘은 먹지만, 그래도 그게 안 돼."

"아무래도 안 되나요."

"어쩌면 좋지."

"어쩌죠."

"빨리 좋아졌으면 하는데, 어쩔 수가 없단 말이야."

"그래요. 빨리 좋아져야 할 텐데."

정말로 어쩔 수도 없을 때는 '어쩔 수도 없다'는 마음을 이해하도록 하자. 그것이 상대의 세계를 있는 그대로 이해하는 것이 된다. 해결책을 찾아주려고 허둥댈 필요 없다. 어떻게 하면 좋을지 제일 잘 알고 있는 것은 본인이다. 언젠가는 본인이 해결책을 찾아낼 것이다. 그러니까 여러 가지 일을 생각하지 않고 그냥 상대의 마음에 기대며 상대의 지금 마음속을 그대로 이해하도록 하면 되는 것이다.

어쩔 수도 없는 문제를 끌어안고 견딜 수 없는 상대의 마음을 자기 마음으로 담아주며 '정말이지 어쩔 수가 없네요.'라고 공감하는 것이다. 그것이 상대를 사랑하는 것이 된다.

상대의 전체를 이해하려고 할 때, 상대의 어릴 때의 추억, 가족과의 관계 같은 것을 아는 것은 매우 중요한 일이다. 그런데 그런 이야기 속에는 어둡고 무거운 이야기도 하나쯤 있는 것이다. 이제 와서 어떤 말을 해도 별 수 없다는 일도 있을 것이다. 그런 이야기가 화제로 나왔을 때, 우리는 당황해버려 잘 듣지 못하게 될 경우가 많다.

"난, 저 무지무지하게 살찐 형을 보면 언제나 신경질이 나고 마는 거야."

"그래. 좀 너무 살이 쪘어."

"그리고 동작이 굼뜨잖아. 저걸 보고 있으면, 더욱 그렇다구."

"좀 둔하긴 해."

"초등학교 때, 형이 친구들한테 괴롭힘을 당한 일이 있었지. 대여섯 명에게 싸여서 뚱보야, 뚱보야 하고 놀림을 당하고 있는 것을 보고 나는 무서워서 도망을 쳤지."

"어머, 그런 일이 있었어."

"형을 도와줘야 하는 건데. 나는 무서워서 도망쳐 버린 거야."

"누구라도 그렇게 할 거예요. 그리고 자기는 아직 어렸잖아."

"난 초등학교 1학년이었어. 놀리고 있는 애들은 6학년이었고, 상당히 컸어."

"그럼 하는 수 없잖아. 아무래도 도와줄 순 없을 테니까."

"그렇지만, 형은 나한테 잘 해 줬어. 그것을 나는 저버렸던 거야. 그 때부터 형하고 나는 사이가 벌어지고 말았어."

"그랬었군. 그러나 그렇게 오래도록 마음에 담아 둘 필요는 없잖아. 남자 형제 사이란 대개 그런 거라구."

"그럴까. 그렇지만 역시 형한테 미안한 마음이 들어서 말이야."

"아무 것도 아니라니까. 그리고 형님도 벌써 그런 일은 잊어버렸을지 모르니까 그런 생각은 그만 두고, 자기도 빨리 잊어버리는 거야."

'어쩔 수 없는' 이야기와 마주치면 '빨리 잊어버려'라고 하는 것이다. 그런데 본인으로서는 잊을 수 없는 일이다. 10년이고 15년이고 계속해서 고민을 할 것이다. 어쩔 수가 없으니까 괴로워하고 있는 것이다.

사랑을 가지고 괴로운 이야기를 들어줄 때는 '잊지 않고 고민을 계속하고 있다'는 그 마음을 그대로 담아주며 들으면 되는 것이다. 그러면, 상대의 마음에 기대고 들으면 어떻게 될까.

"난, 저 무지무지하게 살찐 형을 보면 언제나 신경질이 나고 마는 거야."

"그래. 좀 너무 살이 쪘어."

"그리고 동작이 굼뜨잖아. 저걸 보고 있으면, 더욱 그렇다구."

"좀 둔하긴 해."

"초등학교 때, 형이 친구들한테 괴롭힘을 당한 일이 있었지. 대여섯 명에게 싸여서 뚱보야, 뚱보야 하고 놀림을 당하고 있는 것을 보고 나는 무서워서 도망을 쳤지."

"어머, 그런 일이 있었어."

"형을 도와줘야 하는 건데. 나는 무서워서 도망쳐 버린 거야."

"무서웠던 거지."

"놀리고 있는 애들은 6학년이었고, 덩치가 컸고."

"큰 아이들이라 무서웠지."

"그래, 정말 무서웠어. 그렇지만 역시 형을 도와줘야 했었어."

"정말은 형을 도와주고 싶었겠지."

"그렇지만, 무서워서 도망쳐 버렸어. 나는 형을 버리고 도망쳐 버린 거야."

"모른 체 해버린 거지."

"형은 나한테 잘 해줬어. 좋은 형이었는데."

"그래, 지금도 좋은 형님이야."

"그 후 나는 형의 얼굴을 바로 보지 못하게 되고 말았지."

"그래서 형님과 멀어진 거로군."

"그래. 그 뒤로 멀어지게 된 거야."

"사이 좋게 지내고 싶다고 생각하는 거야?"

"그래, 사이 좋게 지내고 싶지만, 어떻게 해야 할지 모르는 거야."

"그렇군. 그런데 잘 모르겠어."

"그렇지만, 어떻게 해서든 옛날과 같이 되었으면 싶어."

"옛날처럼 되었으면 좋겠어."

"틀림없이 얼마 안 가서 어떻게 잘 될 것 같아."

"그래. 그런 생각이 드는 거야."

"응, 틀림없이 잘 될 거야."

"그럼, 마음만 있으면 잘 될 거야."

이렇게 차분하게 풀어가면 '어쩔 수 없는 일로 공연스레 고민을 해 봐야 별 수 없다'는 생각은 사라질 것이다. '옛날 일을 걱정하면서도, 어떻게든 사이 좋게 되도록 애쓰고 있다'는 생각이 들면서 받아들이기 쉬워지는 것이다.

우리는 상대의 마음을 있는 그대로 이해하면, 상대가 그렇게 되지 않을 수 없었던 이유를 알게 되거나 상대가 노력을 하려는 모습을 보게 돼 상대를 받아들이기 쉽게 되는 것이다. 또, 그처럼 받아들이다 보면 맨 처음 느낀 상대에 대한 인상이 얼마나 일방적이고 제 멋대로의 생각이었나를 깨닫게 된다. 그리고 동시에 사람의 마음이란 깊고도 까다로워 간단하게 이해되는 게 아니라는 것도 알게 되는 것이다.

전혀 다른 세계를 살아온 두 사람이 하나의 세계로 통합돼 가는 것이 결혼이라고는 하지만, 그다지 간단한 것은 아니다. 각자는 내면의 깊은 세계를 갖고 있는 것이다. 스스로도 깨닫지 못할 만큼의 세계를 둘러메고 살고 있는 것이다. 때문에 기회 있을 때마다 서로를 보다 깊이 이해하려고 노력할 필요가 있는 것이다.

좋아하는 사람이 어떤 세계를 살고 있는가, 그 세계를 들여다보겠다는 호의적인 이해심을 갖을 때 사랑해 주는 사람도 생기는 것이다. 그 사람 앞에서는 자기의 약점을 보이는 것도, 소리를 내서 울 수도 있다. 또 자기의 허황된 꿈일지라도 웃지 않고 들어 준다. 서로는 서로에게 안심이 되는 사이가 되어 가는 것이다.

행복이란 상대를 진심으로 이해할 때 찾아온다는 사실을 기억하자.

45. 공감적으로 이해한다

상대를 있는 그대로 이해하며 아무리 호의적으로 받아들여도 좀처럼 잘 안 되는 경우가 있다. 그것은 상대가 일방적으로 나쁠 때인 것이다. 다음 대화를 보기로 하자.

"어머머, 또 담배를 피우고 있잖아. 그렇게 끊으라고 말했는데도."

"미안해. 이제 안 피울게."

"아직도 갖고 있는 거죠. 담배 이리 내 놔요."

"…………."

"어째서 담배를 끊지 못하는 거지. 정말이지 의지가 약하다니까."

"그런 소리하지마. 좀처럼 당장 끊기는 어렵단 말이야."

"끊겠다고 마음만 먹으면 끊을 수 있을 거예요. 내가 이렇게 부탁하고 있는데, 내가 부탁하는 것쯤 아무래도 좋다고 생각하는 거죠.”

“그렇지 않아. 나도 끊으려고 생각하지만, 그게 좀처럼…….”

“정말, 매일 똑 같은 소리만 하고……. 담배를 끊지 않는다면 결혼하지 않을 거예요.”

“정말 끊는다니까.”

“결혼하고, 아기가 생기고 나서는 늦는다구요. 몇 번을 말해야 알아듣겠어요.”

“알았어, 알았어. 이제 끊을게.”

“그리고 폐암에 걸릴지도 모른다니까요.”

“알았다고 그러잖아. 정말이지 끈질기단 말야.”

“끈질기다구요. 당신이 담배를 끈질기게 끊지 않으니까 그렇잖아요. 나도 말기도 지쳤다구요.”

담배를 끊으라고 몇 번이고 부탁을 하지만, 그때마다 ‘꼭 끊을게.’하고는 좀처럼 끊지 못하기 때문에 싸움이 벌어지고 만 것이다.

이런 상대를 받아들이기는 정말 어려운 것이다. 그러나 담배를 끊지 않은 채로 받아들일 수 있는 방법이 있다. 다음 대화를 보자.

“어머머, 또 담배를 피우고 있어?”

“들키고 말았군.”

"난 담배 냄새를 좋아할 순 없어요. 담배를 피우지 않으면 정말 좋겠는데."

"자기가 담배를 싫어한다는 것은 잘 알고 있어. 그렇지만 좀처럼 잘 안 되네."

"담배를 끊는다는 건 어지간해선 힘든 일이죠."

"아냐. 나도 그만 두려고 하면, 그만 둘 수 있어. 틀림없이 끊을 거야."

"자기가 담배를 끊으면 지금보다 두 배는 더 좋아질 거야."

"에이, 이따위 담배. 버려버리지."

이 대화의 포인트는, '담배를 끊는다는 건 어지간해선 힘든 일이죠.'라는 한 마디다. 담배를 끊으라는 부탁을 여러 번 듣고 끊으려고 노력하고 있지만 좀처럼 그만 두지 못한다. 그런 상대의 마음에 공감해서 '담배를 끊는다는 건 어지간해선 힘든 일이죠.'라고 말하고, '이 사람은 이 사람 나름대로 힘껏 노력하고 있다.'는 것을 자기 마음으로 실감할 수 있다면, 가까스로 있는 그대로를 받아들일 수 있는 것이다.

결혼은 한 사람의 전부를 떠맡아 가는 것이다. 상대에게 좋은 점이나 마음에 꼭 드는 점만 많다고 행복한 결혼이 되는 건 아니다. 그보다는 오히려 싫은 점, 그만 두었으면 하는 점을 받아들일 수 있느냐가 행복을 좌우하는 것이다.

상대의 결점이 받아들여지지 않으면, 그냥 탓을 하고 마는 것이다.

"그렇게 당근을 가려내는 짓은 좋지 않아요."

"그렇지만 당근은 정말 싫단 말이야."

"어른이 돼 가지고, 보기 흉하단 말이예요."

"싫은 걸 어떻게 해."

"이제 어린애가 아니니 억지 그만 부려요."

"그렇지만 싫다니까."

"당근은 녹황색 야채로 영양이 풍부해 먹지 않으면 안 된다니까."

"그래도 먹을 수가 없는데 뭘."

"그 말밖에 못해요. 마치 떼쓰는 어린애라니까."

"글쎄 먹지 못하는 걸 어쩌란 말이야."

"먹으려고 하면 먹을 수 있다니까요."

"그렇지만 기분이 안 좋은 걸."

"정말이지, 그럼 마음대로 해요."

"그래, 마음대로 할 거야."

나무라기만 하면 '그래 마음대로 할 거야.'라며 토라질 수밖에 다른 도리가 없다. 그리고, 그것은 마음에 남아 무슨 일이 있을 때마다 '당근 문제'를 끄집어내게 돼 차츰 함께 있는 것이 고통스러워진다.

상대의 결점을 받아들이는 것 역시 사랑의 힘인 것이다. 다음 대화는 어떤가.

"당근을 가려내고 있는데 싫어하는 거야?"

"응, 정말 싫어해."

"하나도 먹지 못할 만큼 싫은 거야?"

"그래, 먹으면 토할 것 같애."

"그래요. 먹지 못하는 것이 있다니 큰일이네요."

"나도 싫어. 마치 편식하는 어린애처럼 보이지."

"조금은요."

"어떻게 먹어보려고 생각은 하지만, 역시 기분이 안 좋아져서."

"그거 큰일이군요."

"어떻게 먹을 수 있게 돼야지. 보기 흉해서……."

"그렇게 되면 좋을 텐데."

"그렇지만……, 지금까지 몇 번이나 결심을 했는지 몰라. 그렇지만 역시나……."

"여러 차례 노력을 했군요."

"그럼. 그래도 안 되지 뭐야."

"좀처럼 마음대로 안 되는 일이군요."

"그러나 역시, 먹을 수 있게 되어야 할텐데."

상대가 정말로 애쓰고 있다는 것이 잘 전해지고 있다. 때문에 '먹을 수 있게 되면 좋겠어.'하는 공감이 생기는 것이다. 또, 아무리 애쓰더라도 먹을 수 없게 되면 '꼭 당근만 야채가 아니야.'라고 생각해 줄 수도 있는 것이다.

이렇게 상대의 마음을 공감할 수 있게 되었을 때, 우리는 비로소 상대의 결점조차도 있는 그대로 받아들일 수 있는 것이다. 그 사랑의 마음이 전혀 다른 두 사람을 하나로 묶어주는 것이다.

말과 습관이 다른 외국인과도 결혼할 수 있는 것은, 두 사람의 다른 점을 있는 그대로 받아들이는 마음이 있기 때문이다. 좋다 나쁘다를 가리거나, 맞는다 안 맞는다고 따지는 것이 아니라, 많은 차이를 받아들이는 마음, 즉, 사랑을 기반으로 한 결혼이기에 가능한 것이다.

조건에 따르거나 싫고 좋고를 내세운다면 결코 행복한 결혼은 하지 못한다. 아무리 좋은 조건의 사람과 결혼을 했더라도, 정말로 좋아하는 사람과 결혼했더라도 그것만으로는 결코 행복해지지 않는 것이다.

자기 입장을 미뤄두고 상대의 결점도 받아들이는 사랑의 마음이 없다면, 누구와 결혼을 해도 행복해질 수는 없다. 반대로 말하면 남을 사랑하는 넉넉한 마음이 있다면 누구와 결혼해도 행복해진다는 뜻이다.

사랑이란, 상대의 세계를 이해하고 공감해 주는 것이다. 그리고, 사랑은 일상적인 대화를 사랑을 키우는 대화로 바꿔가며 넓어지는 것이다. 차츰 둘이 있는 것이 즐겁고 마음이 편해져 가는 것, 그것이 사랑이다.

상대를 나무라는 대화, 싫은 소리나 비아냥거리는 대화를 깨끗이 종료시키자. 상대를 이해하는 사랑의 대화를 다 함께 시도해

228

보자.

사랑의 힘을 정말로 믿는다면 조금씩 자신이 변화되어 갈 것이다. 그 변화는 당신의 인생을 행복하고 넉넉한 것으로 바꾸어 주는 축복이기도 하다.

46. 상대가 자기 세계를 떠 밀치고 들어오지 않는가

　자기 생각을 좀 미루고 상대를 이해하고 받아들이는 것이 사랑을 깊게 만드는 방법이다. 그런데 그렇게 상대를 존중해 주는데도 상대가 자기 세계를 우악스럽게 밀치고 들어오는 수가 있다.

　사람은 자기 세계에서 자기 마음대로 살아가는 것이 가장 편한 것이다. 아무리 결혼 상대라지만, 그가 자기 세계를 어지럽히면 스트레스를 느끼게 되는 것이다.

　때문에 상대가 자기 세계를 받아주는 걸 눈치채면, 우리는 자꾸만 상대를 자기 세계로 잡아 가둬버리고 싶어하는 것이다. 그렇게 하면 좋아하는 사람과 함께 살면서 자기 세계도 마음대로 살게 되니 일석이조라 느끼는 것이다.

　옛날 우리 나라의 결혼은 시집을 가는 것이었고, 여자가 때묻지 않은 흰옷을 입고 결혼을 한 것은, 남성이 자기를 물들여 달래는 것을 전제로 하고 있었던 것이다. 그런 결혼이라면 남성에게는 천국인 것이다. 그에 비해 여성에게 있어서 결혼이란 그저 참는 것 이외에는 아무 것도 아니었다.

지금이야 서로를 존중하고 두 사람의 세계를 쌓아올리는 결혼으로 변해왔지만, 심리적으로는 조금이라도 더 상대를 자기 세계로 끌어들여 편하게 살아가기를 바라는 것이다. 그래서 두 사람의 관계가 가까워지면 서로가 무의식중에 자기 세계를 상대에게 강요하기 시작하는 것이다. 그것이 서로에게 스트레스가 되고, 결국 결별까지 가기도 하는 것이다. 그것은 필연적으로 일어나는 자연법칙 같은 것이다.

생활하며 서로의 세계를 강요하고 있다는 것이 느껴지면, 그것이 어느 정도 위력을 가진 확인해 보아야 한다.

강도가 클수록 수용도가 낮고, 사랑의 마음은 희박한 것이다. 강도가 그다지 크지 않다면 그 사람의 사랑이 그만큼 넉넉한 것이다. 결혼을 한다면, 역시 사랑이 넉넉한 사람 쪽이 스트레스가 적고, 행복한 결혼이 되기 쉬운 것이다.

교제가 깊어지면 일상적인 대화 중 자신이 상대를 어느 정도 밀치고 있는지 강도를 체크해 보도록 한다. 그리고 동시에 자기는 얼마쯤 밀쳐지고 있는가도 체크해 본다.

47. 호저(豪豬)의 가시를 실감한다

자기 세계를 상대에게 강요하며 자기 마음대로 살아가려고 하는 심리는, 두 사람의 관계가 가까워지면 가까워질수록 강해지는 것이다. 그래서 처음 만났을 때는 그다지 마음에 걸리지 않았던 일도 차츰 마음에 거슬리게 되는 것이다. 이를테면,

"이봐요, 그렇게 어깨를 흔들면서 걷지 말아요."

"어, 난 어깨를 흔들지 않았는데."

"어기적어기적 걸으니까 어깨가 흔들려 원숭이처럼 보인단 말이예요. 보기 흉하니까 똑바로 걸어요."

"난 똑바로 걷고 있단 말이야."

"한번 거울을 보라구요. 거울에 원숭이가 보일 거라구요."

"쳇."

"보기 흉하니까요. 어서 제대로 걸어요."

"알았어."

이런 대화가 오가게 되면 서로가 자기 세계를 떠밀치기 시작한 것이다.

마음에 들지 않는 습관을 지적하고 싶은 건 누구라도 마찬가지다. 그러나 그것은 자기 세계의 가치관에 상대도 맞추라고 강요하고 있는 것이기도 하다.

'어기적어기적 걷는 것은 원숭이 같다'는 것은 자기 세계의 가치관이다. 상대로서는 그 걸음걸이가 가장 편하고 멋있다고 생각하고 있을지도 모른다.

그런데 우리는 자기 세계 안에서만 판단하고 '그런 건 보통'이 아니라고 상대를 부정하고, 자기 세계를 강요한다. 그 결과 떠밀린 쪽은 '호저의 가시'에 찔려 상처를 받는 것이다. 우리는 그런 가시를 미처 의식하지 못하고 서로에게 가시를 들이대고 있는 것이다.

"우리, 축구 경기 보러 가지."
"싫어요, 난 그렇게 시끄러운 거 좋아하지 않아요."
"시끄러울진 모르지만, 모두 함께 들떠서 즐겁단 말이야."
"싫다고 했잖아요. 그보다는 클래식 콘서트에 가고 싶어요."
"뭐야, 그런 건 졸음만 오고 하나도 재미가 없어."
"감동적인 음악을 듣는데 왜 졸음이 온단 말이예요."
"그거야, 가만히 듣고 있으니까 졸음이 오지."

"클래식을 이렇게 이해하지 못하다니, 정말이지 당신은 교양이 제로라구요."

"쳇, 너무 잘난 체 말라구."

서로의 세계가 정면으로 서로 부딪치고 말았다. 어느 쪽이 상대를 끌어들일 것인지는 더 지켜봐야 할 것이다. 이런 순간 '절대로 질 수 없어.'라고 생각하고 상대를 존중하는 사랑의 마음을 잊는 건 쉽다. 그 결과 남는 건 말다툼 후의 후회와 상처뿐인 것이다.

결혼을 해 함께 살기 시작하면 그런 일은 유난히 많이 생겨난다. 취미가 다르고, 음식 취향이 다르고, 가치관이 다르고, 남과 어울리는 방식이 다르다. 때문에 다툴 확률도 훨씬 많아지는 것이다.

48. '그렇군'하고 상대를 받아들여 보자

서로의 세계가 맞부딪치기 시작했다고 느껴진다면, 대화 속에 '그렇군', '그랬었군'하고 상대의 세계를 받아들이는 말을 끼워 넣어보자.

"음식을 그렇게 먹지 말라구요."

"어째서, 왜 그러는 거야."

"생선을 그렇게 한 가운데만 먹어치우면 보기에 깨끗하지 않다구요."

"그렇지만 난 젓가락을 잘 쓰지 못하잖아."

"그랬어요. 젓가락을 잘 쓰지 못해 그런 식으로 먹는 건가요."

"보기 흉한 건 알지만, 어쩔 수 없단 말이야. 젓가락질 연습을 하려고 해도 어쩐지 쑥스러워. 다 큰 어른이 젓가락질 연습이라니……."

"그랬군요. 그렇다면 내가 좀 도와줄까요. 그럼 쑥스럽지 않죠."

"그래 줄래, 그럼 좋지."

이처럼 대화 속에 '그랬어요', '그랬군'하는 상대를 이해하고 있다는 말을 의식적으로 끼워 넣도록 하는 것이다. 서로 간에 긴장이 사라지며 보다 편안한 대화가 오고갈 수 있을 것이다. 분위기가 편안해지면 문제를 보다 침착하게 이해하고 의논할 수 있게 되는 것이다.

그런데, 여기에도 예외인 상대는 있다.

"글쎄, 귀찮단 말이야. 젓가락을 잘 쓰지 못하니까."

"그랬군요. 젓가락을 잘 쓰지 못해 그런 식으로 먹는 건가요."

"보기 싫으면 먹기 좋게 뜯어주지 않을래. 그러면 깨끗하게 먹을 수 있으니까."

"그렇군요."

"그건 그렇고, 생선은 먹기가 귀찮으니, 결혼하면 고기만 요리하도록 해."

"그러죠. 생선은 먹기 귀찮으니까요."

이 경우는 상대가 자기 세계를 강제로 떠맡겨버린 예이다. 그런 타입은 역시 남을 받아들이는 것에 서툰 사람이다. 자기 중심으로 생각하고, 자기 중심으로 주위를 움직이려고 하는 이기심이 강한 사람이다. 이런 타입의 사람과 결혼하고 싶다면 문제를 의논해서 정하는 것은 어렵다고 각오하는 편이 좋을 것이다.

상대를 받아들이면서도 상대가 어디까지 자기를 떠밀고 오는 가는 확인해야 하는 것이다. 그리고 가시가 적은 사람과 많은 사람은 얼마큼 스트레스의 정도가 다른가도 느껴보는 것이다. 결혼 상대를 확신하기 위해서는 한 번쯤 체크해 보아야할 사항이다.

그리고 얼마큼 가시를 드러내는 사람인가도 주의해서 관찰해 보아야 한다. 만약 가시를 많이 들어내는 타입이라면 결혼 후 보다 많은 스트레스를 받을 것을 각오해야 한다.

49. 자기 세계에서 나오지 않는다

자기 세계를 강요하는 사람도 문제지만, 자기 세계에 틀어박혀 있기만 한 사람도 문제이다. '당신은 당신, 나는 나'라는 생각으로 따로 따로 살아가면 분명 마찰은 생기지 않는다. 그러나 두 사람의 관계 역시 무의미를 벗어날 수 없다.

그러므로 자기 세계에 틀어박혀 버린다는 것도 행복한 결혼을 저해하는 원인이 되는 것이다.

말이 없는 애인 때문에 고민하는 사람, 결혼은 했지만 남편이 좀처럼 말을 않는다고 고민하는 여성이 퍽 많다. 자기가 어떤 생각을 하는지는 말해 주지 않으면, 상대는 절대로 알 수가 없는 것이다. 말이 없는 남성과 결혼한 여성은 무엇을 생각하고 있는지 모르는 사람과 어정쩡하게 살아가지 않으면 안 되고, 결국엔 무엇 때문에 결혼을 했을까 하는 후회 어린 소외감에 빠지고 마는 것이다.

그런데, 말이 없는 남성 쪽은 것을 별로 불만스럽게 생각하지 않는다. 본래 자기 세계 안에서만 만족하고 있었기에 자기 세계를 밖으로 넓히려고도, 남을 자기 세계에 끌어들이려고도 않는다. 본인은 지극히 행복한 것이다. 때문에 필요 이상으로 여성만 혼자 씨름을 하다가 마음이 떠나가고 마는 것이다.

마더 콤플렉스인 남성도 좀처럼 자기 세계에서 나오려고 하지 않는다. 본래 모자의 유대감은 강한 것이다. 모자 사이는 같은 문화(Culture)를 공유하고 있으므로 함께 있어도 스트레스를 느끼지 않는다. 그런 편한 관계에 만족하고 있는 남자라면, 그 관계를 끊고 스트레스가 많은 남과 어울리기를 꺼리게 된다. 아무리 결혼을 했다 하더라도 자기의 행복한 문화(Culture)를 고집하고 좀처럼 거기서 나오려고 않는 것이다. 일이 있을 때마다 '엄마는 그런 소린 안 했어.'라는 말을 되풀이하며 부정적으로 나오는 것이다.

그런 단단한 세계를 깨고 두 사람의 새로운 세계를 만든다는 것은 여간 어려운 일이 아니다. 그러니까 상대가 얼마큼 자기 세계를 고집하고 있는가를 확인할 필요가 있는 것이다.

요즘은 여성 쪽이 자기의 생활 스타일을 고집하는 경향이 강하다. 그런 여성들은 '결혼해 줬다'고 하는 의식이 강하다. 때문에 결혼생활은 자기가 꿈으로 그려오던 것이어야 된다고 주장한다. 마음이 약한 남성이라면 그냥 하라는 대로 할 수밖에 없고, 다른 생각은 도무지 할 수 없게 돼버리는 것이다.

어느 한 쪽의 주장이 너무 강해 그 쪽으로 기울어질 수밖에 없다면, 두 사람의 한 세계의 꿈은 그만큼 멀어지게 되고, 행복 역시 멀어진다. 이 사실을 기억해 주었으면 한다.

50. 다른 세계에 있는 자기를 설명한다

자기 세계를 강하게 고집하고 있는 사람을 억지로 변화시키려고 한다면, 그것은 그의 세계를 정면으로 부정하는 것이 되고 만다. 그러니까 그런 경우는 먼저 상대를 전면적으로 받아들이는 태도가 필요한 것이다. 그리고 자기는 상대와는 다른 세계를 살고 있다는 것을 상대에게 인식시켜 주지 않으면 안 된다.

상대의 세계를 존중하면서 자기 세계를 상대에게 인식시키려면 어떻게 해야 할까. 먼저 자기 세계가 즐겁다는 메시지를 상대에게 전하도록 하는 것이다.

"저것 보세요. 팬지가 참 곱게 피었네요."

"정말이군."

"팬지는 흔히 볼 수 있는 꽃이지만, 전 이 꽃을 참 좋아해요. 중학교 시절 추억이 때문인지 모르지만, 전 이 꽃을 보면 매우 힘이 생겨요."

"참."

"그래서, 할 수 있다면, 집안을 팬지로 장식하고 싶지만, 그럴 순 없구요. 그러나 참 곱지요. 팬지는."

"그렇군."

이렇게 기회 있을 때마다 자기 세계를 상대에게 전하는 것이다. 강요하는 것이 아니고, 그냥 메시지를 보내는 것이다. 거듭되는 그런 메시지가 당신이 다른 세계를 살고 있다는 것을 상대에게 인식시켜 줄 것이다.

"저것 보세요. 팬지가 곱게 피었지요."

"정말이군."

"팬지는 흔히 볼 수 있는 꽃이지만, 저는 이 꽃을 참 좋아해요."

"정말 곱군 그래. 나는 코스모스를 좋아하지만……."

"어머나 그래요. 그럼 가을에는 정원 가득 코스모스를 피우기로 할까요."

"그거 말만 들어도 기쁜 걸."

두 사람의 세계가 서로 교감하기까지 자기 세계를 메시지로 전하도록 한다. 그리고 서로의 세계가 접촉을 시작하면, 마찬가지로 두 사람의 세계를 소중히 해준다. '팬지도 멋있고, 코스모스도 곱다'는 두 사람만의 세계, 그런 세계를 만들어 가는 것이다.

행복한 결혼은 서로의 세계를 철저히 존중하는 데서 비로소 실현되는 것이다. 그리고 사랑은 상대를 존중하는 것으로 깊어지는 것이다.

서로를 존중하며 두 사람의 세계를 쌓아올려 갈 때 두 사람은 행복한 결혼 생활을 할 수 있게 되는 것이다. 그렇게 두 사람의 세계가 마련되었을 때, 우리는 자기 혼자만의 세계에서 살고 있을 때와는 전혀 다른 기쁨을 얻게 되는 것이다. 지금까지 알지 못했던 세계가 자기 세계로 들어와서 넓다란 세계를 만들어 주고, 여유 있게 살아갈 수 있는 원천이 되어 주는 것이다.

처음에는 망설여지는 일도 많을 것이다. 이렇게 귀찮은 일이라면 당장이라도 그만 두고 싶다고 생각할 수도 있을 것이다. 그러나 자기 마음에 사랑이 있다면, 그것은 자연스럽게 행복으로 변해 가는 것이다.

우선 남을 사랑하는 마음을 당신 속에 키워가도록 하자. 사랑하는 마음이 넉넉하다면, 그만큼 행복을 쥐고 있는 것이다.

독선이란 행복과는 가장 반대되는 단어이다. 사랑의 힘을 믿고, 두 사람의 마음에 사랑을 키우고, 그 사랑을 보다 깊은 것으로 만들어 가자. 그 노력은 반드시 당신에게 행복으로 되돌아올 것이다.

마치면서

　자기 감정에 따라 마음대로 산다? 그것은 인간에게 있어 가장 큰 행복이다. 사회적인 분위기 역시 차츰 그 경향을 강하게 지지하고 있다.

　그런데 동시에 남과 사귀는 것을 귀찮다고 생각하거나, 자기 멋에 살아가는 사람을 늘게 하는 결과도 낳고 있다. 때문에 결혼하기 어렵다는 말도 나오는 것이다. 게다가 보다 깊은 인간 관계를 만들어 내는 것도 쉽지 않게 되어가고 있다.

　그런 사회적, 개인적인 분위기 속에서 행복한 결혼을 생각한다면, 무엇보다도 상대를 있는 그대로 받아들이는 사랑의 마음이 중요해지는 것이다. 그리고, 그 마음을 상대에게 전하는 사랑의 대화가 중요해 지는 것이다.

　사랑이란 상대의 세계를 이해하고 공감하는 일이다. 그러한 사랑은 일상적인 대화를 사랑을 키우는 대화로 바꿔 가는 것으로 비로소 가능해지는 것이다.

상대를 탓하는 대화나 시비를 가리는 대화를 그만 두고, 상대를 받아들이는 대화를 시작해 보도록 하자. 상대를 놀리거나 무시하는 대화도 그만 두고, 상대를 가슴으로 느끼는 사랑의 대화를 시작해 보자.

  그렇게 사랑을 키워간다면, 자기 멋으로 살아가는 자기만의 세계 이상으로 훌륭한 세계가 찾아와 줄 것이다. '있는 그대로'를 서로가 받아들여 정말로 마음 편하게 인생을 펼쳐갈 수 있는 세계는 멀리 있지 않다. 그런 행복 속으로 들어가고자 한다면, 지금 당장 사랑의 대화를 시작해 보도록 하자. 그리고 행복한 결혼을 맞이하길 진심으로 축복하고 싶다.

  마지막까지 나와의 대화에 관심을 기울여준 모든 분들에게 감사드린다.

  지은이 드림

파트너 길들이기

지은이/와다 신유우
옮긴이/최병련
펴낸이/배기순
펴낸곳/하남출판사

초판1쇄발행/2002년 12월 15일

등록번호/제10-221호

서울시 종로구 관훈동 198-16 남도BD 302호
전화(02)720-3211(代)/팩스(02)720-0312
홈페이지 http://www.hnp.co.kr
e-mail hanamp@chollian.net

ⓒ 하남출판사, 2002 Printed in Seoul, Korea

ISBN 89-89523-07-9